ORIGINE

DELLE

FESTE VENEZIANE

VOL. II

GIUSTINA RENIER MICHIEL

© 2023 Culturea Editions

Texte et illustration de couverture : © domaine public
Edition : Culturea (Hérault, 34)
Contact : infos@culturea.fr
Retrouvez notre catalogue sur http://culturea.fr
Imprimé en Allemagne par Books on Demand
Design typographique : Derek Murphy
Layout : Reedsy (https://reedsy.com/)

Dépôt légal : janvier 2023
Tous droits réservés pour tous pays

ISBN : 9791041843978

DELLA CARITÀ.

La chiesa di Santa Maria della Carità, una delle più antiche nelle nostre lagune, fu da prima costrutta di legno, e tale si conservò sino al 1119, quando Marco Giuliani animato da una particolar divozione per la Vergine, ne gettò a proprie spese le prime fondamenta di pietra. L'edificio fu poscia magnificamente compiuto per la liberalità de' fedeli, i quali vi aggiunsero la fabbrica per la confraternita, non che il monastero, in cui colla permissione del pontefice Innocenzo II, presero stanza i canonici regolari. In questo stesso monastero si rifuggì papa Alessandro, allorchè dovette cercar un asilo tra noi contro le persecuzioni dell'imperator Barbarossa. Ottenuta ch'egli ebbe la pace, consacrò la chiesa di Santa Maria, accordandole le medesime indulgenze, che concesse aveva a quella di San Marco, ed il governo stabilì con decreto, che il 3 aprile fosse il giorno della festa solenne destinato per acquistarle. Nell'anno 1177 ebbe principio la divota usanza, e il Doge col suo augusto corteggio diede un luminoso esempio di religione al rimanente del popolo. Forse congiunto all'oggetto della pietà quello pur v'ebbe di fasto nazionale, volendosi con tal annua visita, non men che colla Festa dell'Ascensione, tener viva la memoria d'una mediazione, ch'ebbe riuscita molto felice, e che aggiunse onore al Veneto nome. Gli abitanti della città, quelli delle vicine provincie, ed anche non pochi de' luoghi lontani accorrevano in folla alla partecipazione di questi spirituali favori, e con ciò si accrebbe lo spettacolo di questa Festa, ch'ebbe luogo sino all'anno 1796.

In quest'occasione, particolarmente col progredire degli anni, venne il popolo a contemplare e ad ammirare i tanti monumenti del genio riuniti nel recinto della Carità. E architetti in fatti, e scultori, e pittori eransi presi una singolar cura in abbellirlo. Pare propriamente che il suo destino lo riserbasse in ogni tempo alla celebrità, malgrado ai danni apportati di quando in quando a que' capi d'opera. Egli è certo che le pitture di Tiziano oggidì non hanno più la loro primitiva originalità; che il famoso chiostro di Palladio perdette in parte la sua natural eleganza, e che i mausolei dei due Dogi Barbarigo, e dell'altro Doge da Ponte sparirono. Ma a perdite così irreparabili successero in quello stesso luogo nuovi oggetti gratissimi, che ci colpiscono vivamente lo sguardo. Colà nell'anno 1807 venne stabilita l'Accademia delle belle arti. Fu ben saggio avviso lo scegliere per loro sede una fabbrica resa splendida dal valore dell'immortale Palladio, e rispettata insino dal fuoco, allorchè con sue fiamme divoratrici consunse le altre parti di quel convento. Il primario oggetto di questa scelta non fu già quello di procurare un più magnifico albergo all'Accademia, ma veramente quello di ricoverare in tale edificio que' monumenti non meno illustri pel lavoro, che per la memoria dei gran personaggi, a cui erano stati eretti, in caso che venissero rimossi dalle antiche loro sedi. Felici pur noi se fosse stato in tutto eseguito un sì provvido pensiero. Per conforto nostro vi si trova però, come dissi, una preziosa unione di cose, che onorano altamente la splendidezza, il buon gusto, e l'ingegno de' Veneziani. Ma prima d'internarci ad esaminarle, gettiamo uno sguardo, giusta la promessa nostra, sulle belle arti in generale, e sulla loro antica esistenza presso di noi.

I Veneziani, o poco gelosi della loro gloria in fatto di belle arti, perchè occupati abbastanza in sostenere quella del loro impero e delle armi loro, o poco fortunati ne' loro scrittori in paragone de' Toscani e de' Bolognesi, si lasciarono con indifferenza rapire dagli altri il vantaggio dell'anzianità nell'averle accolte, anzi direi quasi rigenerate. Pure egli è certo che appena si potè da noi godere un po' di ozio, vedemmo nascere fra noi le cose di ornamento, e tutto ciò che appartiene alle arti belle. I preziosi avanzi de' monumenti Greci furono i nostri modelli. Fino dai primi secoli dell'era volgare i Veneziani andavano colle loro navi nel Levante e a Costantinopoli, sede allora delle belle arti. Eranvi colà le più celebri statue prese dai varj luoghi della Grecia, dall'Asia minore, dal tempio di Diana in Efeso, da Atene, da Elide e da Roma. Queste egregie opere vennero poscia frammiste alle ruine di quella città nel 1204. Anche nel resto eravi un gusto elegante nel disegno formato sull'antico, cosicchè possiamo veramente dire, che di là traemmo la regola per ben determinare il bello, per sostenere l'unità e la verità ne' lavori, e che furono insomma gli artisti Greci le nostre scorte non meno per bene eseguire, che per ben giudicare. Liberi come essi, non dovendo nè adulare i re, nè umiliarci dinanzi ai tiranni, gli artisti Veneti lasciarono sciolte le briglie al loro genio inventore. L'architettura ci diede il mezzo di rendere un tributo di riconoscenza all'Essere Supremo, di contribuire all'abbellimento della città, e di accrescere i comodi di tutta la popolazione. La scoltura servì a ricompensare onorevolmente i nostri prodi cittadini; la pittura a perpetuar la memoria delle nostre gloriose azioni.

Un tal uso dunque delle arti belle non solo contribuì al loro perfezionamento, ma vantaggi di gran lunga maggiori procurò alla Repubblica, utili alla patria, e a promuovere quelle virtù, che ne formano il più sicuro e solido fondamento. I monumenti innalzati ai cittadini più benemeriti erano per essi altrettanti tempj consacrati alla gloria. Frequentissimi furono sì in pittura, che in iscultura o in architettura quegli eretti dalla pubblica autorità. Ognuno ben sente quanta emulazione destar dovea questa usanza sì ne' cittadini che alla virtù si esercitavano, come negli artisti, i quali dividevano in certo modo con essi l'onore del monumento. Oltre a ciò da tali cospicue memorie poteva chiunque apprendere quasi senza fatica la storia patria, e quella de' suoi celebri antenati. I sepolcri stessi considerati come un civico premio, volevasi che fossero grandi e magnifici. Il primo lavoro in marmo di questo genere fu quello del Doge Vital Falier posto l'anno 1096 nel vestibolo della chiesa di San Marco. Dirimpetto ad esso avvi quello dell'illustre matrona Felice Michiel, che per la sua singolare pietà meritò tanto onore. Queste, per vero dire, non sono opere di gran pregio in quanto al lavoro, pure esigono venerazione per la rimota loro epoca, e per essere quasi il primo gradino, dal quale i nostri scultori ascesero fino a toccar l'apice dell'eccellenza. V'ha chi pretende, che ancor prima di quell'epoca, alcune statue di marmo fossero scolpite da' nostri, parte delle quali erano collocate nell'antico tempio di San Teodoro, e che furono poscia rimesse nella chiesa esistente di San Marco. Nè v'è in ciò da maravigliare, poichè è ben noto il gran guadagno, che sino negli antichi tempi ci veniva da nostri fini intagli, in qualunque materia essi fossero. Fummo sì abili in questo genere di lavoro, che il Doge Orseolo nell'anno 998 spedì ad Ottone imperatore di Costantinopoli una sedia di avorio col suo sgabello lavorata in Venezia con tal maestria da poter essere presentata senza rossore a sì gran principe, e da meritarsi un pieno aggradimento.

Ben più sorprendenti furono i nostri progressi nell'architettura. Fin dall'anno 829, per non parlare di parecchie chiese ch'erano già erette a quel tempo, furono poste le prime fondamenta della grande basilica di San Marco, di quel tempio sì rinomato; e nell'anno 888 quelle della maestosa torre, che gli sta presso. Quante cognizioni non occorrevano per piantare sull'onde le basi di moli sì immense? Il Ducal palagio fu pure cominciato nel 976; infine passando di prodigio in prodigio scorgemmo formarsi nel nostro seno varj celebri architetti, fra i quali quel Palladio superiore a tutti gli elogi.

Quanto poi alla pittura facemmo sì gran progressi, ch'essa divenne oggetto delle ricerche degli stranieri, come diverse cronache il provano. Nè si dee lasciar di osservare, che le nostre antiche pitture hanno un carattere affatto diverso da quello che scorgiamo in Cimabue, in Giotto e nelle primitive figure dell'arte; ciò che dimostra l'anzianità del dipingere tra noi. Le stesse pitture del nostro Tiziano comprovano una certa originalità nativa, e lo fanno conoscere come maestro insigne.

Potrebbesi forse assegnare per cagion principale di sì rapidi avanzamenti l'antichissima instituzione di una confraternita delle belle arti, e il disinteresse e la nobiltà con cui queste arti si esercitavano. Non potea por mano ad esse chi non era aggregato a questo corpo, nè a tal corpo veniva ammesso chi non avea dato buon saggio de' precedenti suoi studj. Da esso inoltre escludevansi coloro, che attendevano ai men fini lavori, come alla pittura degli stemmi, de' cuoj e di cose simili. Gli statuti di questo corpo meritano di essere conosciuti, come pure i regolamenti posteriori, che portano la data del 1345. Essi segnatamente provano l'anzianità di quest'adunanza sopra tutte quelle che furono stabilite in Italia, ed anche sopra quella di Parigi. Il suo spirito conservossi sempre lo stesso fino a che le circostanze avverse sopravvenute nel quindicesimo secolo per cagion di guerre, ed ancor più della peste, rapirono la maggior parte di quegl'individui, ai quali affidata n'era la direzione. Allora fu che vi s'introdussero giovinastri inesperti ed indotti, i quali prendendo a reggere quel corpo, lo fecero precipitare intieramente, e diedero il crollo alle arti medesime. Il secolo decimosesto recò un periodo di tranquillità, il che rianimò lo spirito della società, creò de' genj novelli, e fece nascere dei capi d'opera. A quest'epoca segnatamente i socj presero il nome di Accademici, ed il corpo quello di Accademia. Nuove leggi allora assai provvide si fecero, e sopra tutto si crearono alcuni professori, che insegnassero quelle scienze, le quali hanno un intimo legame colle belle arti. Si profusero eziandio distinzioni ed onori ai professori delle arti medesime. A tale oggetto appunto il Senato emanò due decreti, col primo de' quali dichiarò nobili i professori di quest'Accademia o Collegio, cioè concedette, che le loro figliuole o sorelle potessero apparentarsi con persone patrizie, senza che una tale cognazione recasse onta alla nobiltà delle famiglie, in cui fossero entrate. Nel secondo si dichiarò, che tali artisti onoravano altamente la nazione, e procuravano un vero bene allo Stato. Alle quali distinzioni conviene anche aggiungere, che un numero considerabile d'illustri soggetti, non solo di Venezia ma di stranieri paesi, si gloriarono di venire inscritti fra i membri di quest'Accademia, come poscia il furono altresì le accademie stesse di Parma e di Roma, che tutte desiderarono di dare una simile testimonianza di onore a quella di Venezia.

Essa cangiò più volte di luogo, ma per verità non n'ebbe mai uno più esteso e magnifico del presente. L'antica chiesa della Carità scompartita nella sua altezza da un tramezzo, porge ora nel piano superiore nobile stanza ai modelli di gesso. Nel pian terreno ha le molte camere inservienti alle scuole di architettura, di scultura, di disegno, di ornato. Il monastero è convertito in più appartamenti; v'è scuola dell'incisione, del disegno del nudo, della pittura. Evvi comodo albergo per li professori forestieri, pel segretario, per l'economo, per gl'inferiori ministri, ed altresì sale per la libreria, per la pinacoteca, e per le private adunanze del corpo, che suole ivi unirsi una volta al mese per trattare degli oggetti accademici. Finalmente il bell'edificio contiguo, in cui altre volte raccoglievasi la confraternita della Carità, riesce ora opportunissimo, mercè della vasta sua sala, per l'esposizione delle opere, e per l'annua distribuzione de' premj.

Visitiamo alcune di queste sale. Ecco la scuola del disegno del nudo. Quelle quattro colonne di marmo d'ordine corintio, che sostengono il soffitto, formavano parte del celebre mausoleo eretto dallo Scamozzi in onore del Doge da Ponte già collocato nella soppressa chiesa. Elegante è la distribuzione delle panche per li scolari in forma di anfiteatro. Ingegnosissimo il meccanismo della gran lampada, che mediante la facilità de' suoi movimenti, getta sul modello or più or meno vivi i suoi raggi, e produce moltiplici variazioni d'ombre e di luce.

Ascendasi alla biblioteca. Qui sta una rara serie di volumi tutti attinenti alle belle arti. Parte fu tratta dalla famosa libreria del Monastero di San Michele di Murano, e parte da quella del Convento de' Domenicani Osservanti; libreria illustre e rinomatissima, dono altre volte fatto a que' Padri dal gran letterato Apostolo Zeno.

Appresso s'incontra la pinacoteca. Poichè dovevano andar rimosse dalle prime loro sedi tante cospicue pitture, non potevasi concepire miglior idea di quella, in uno stesso luogo collocandole nel debito lume, e formando di tutte quasi una sola famiglia. L'occhio tanto si perde nel rimirarle, che non lascia campo di affliggerci per quelle che ci mancano.

Passiamo da questa alla sala de' gessi, e benediciamo la memoria di quel nostro Filippo Farsetti, che con animo da principe e con intelligenza da professore, riuscì nella difficilissima impresa di far ricavare le forme di tutte le statue greche di maggior merito, che quai tesori si conservavano nei musei di Firenze e di Roma. Giunte in patria le forme, ei ne fece gettar i gessi, e per molti anni il suo privato palagio ricettò quest'insigni prodigj dei greci scarpelli, venendo perciò frequentato non men dagli amatori del bello, che dalla studiosa gioventù. Se non che mancato a vivi il mecenate, stava per andar a male la preziosa raccolta; quando la munificenza sovrana rimosse ogni pericolo, facendone la compera, e trasportando in questo sacrario di Pallade un sì cospicuo popolo di statue. La maggior ampiezza del nuovo albergo, l'accorgimento avuto nel disporle in favorevol lume, tutto adesso concorre a destar la sorpresa e l'incanto. Non è sempre vero, che il tempo sia un fatal distruggitore delle belle opere; egli è talvolta per esse un liberal donatore. Suo dono in fatti è la fosca tinta di cui vanno aspersi questi gessi, e che imita sì bene il color del marmo antico da produrre un piacevole inganno. I pochi che tuttora biancheggiano, ci avvisano delle nostre glorie recenti. Son essi quelli, che il Canova trasse dalle ammirate sue opere, e che quel tenero figlio attaccato alla sua patria, tratto tratto ci mandava da Roma, ove i suoi lavori e le sue abitudini il tenevano legato. Tempo verrà che perdendo anch'essi il loro colore nativo, svanirà l'unico indizio che ci restava per distinguerli dai lavori di Fidia, di Prassitele e di Policleto.

Alla rinata accademia delle belle arti null'altro mancava, che un genio intelligente ed attivo il quale prendendola in cura ne dirigesse le funzioni, ne allontanasse gli abusi, e ne accrescesse i fregi e l'onore. Questo genio lo vedemmo con piacere nel presidente conte Cicognara, che secondato dal suo degno segretario, e nostro ottimo concittadino Antonio Diedo, nulla lasciò intentato, onde contribuire ai di lei progressi.

Non vi sia chi mi accusi, che col diffondermi in tali narrazioni, siami un po' troppo allontanata dal primario mio assunto delle Feste Veneziane. Parmi di esservi ancora, parlando di quella che celebrasi al presente ogni anno nel mese di agosto nel medesimo ricinto della Carità cogli sforzi che fanno tutti gli artisti, onde abbellirla colle loro opere. Questa è la festa del genio, del buon gusto, dell'amore del bello. Il pubblico vi accorre in folla con entusiasmo; prova mille sentimenti diversi e tutti nobili alla vista degli oggetti dell'arte, che i professori e i loro degni allievi espongono in quel giorno. Esso attende con impazienza e con vivo interesse di sentire il giudizio che deve essere pronunziato, e di mirare tante giovani fronti inghirlandate d'alloro. Quale solenne festa per Venezia! quale carriera è aperta dinanzi a voi, giovani artisti! Gli elogi de' vostri maestri, gli applausi de' vostri concittadini, le lagrime de' vostri genitori, che stampano vivi baci sulle corone vostre, tutto deve accendervi e stimolarvi ad accrescere i vostri sforzi, per restituire alla Scuola Veneziana il celebre nome già posseduto, e per estenderlo ancora più oltre; giacchè oggidì tutte le arti si trovano in un sol corpo raccolte. Animatevi a gara, o Veneziani, o voi degni figli della patria, anelate tutti alla gloria.

Festa della Domenica

DELLE PALME.

La Festa delle Palme venne instituita dal Pontefice Giovanni VIII l'anno 877. Essa si solennizza in tutto il mondo cristiano in memoria dell'ingresso del Nazareno nella città di Gerusalemme, allorquando i Giudei gli andarono incontro con rami di palme e di ulivo, che poi vennero spargendo sotto i suoi passi. I Veneziani nel celebrarla tennero uno stile loro proprio, che a narrarne la storia, parrà a prima vista troppo lieve, anzi puerile; ma qualunque ella siasi, spero che i miei lettori la troveranno in appresso interessante, siccome quella che dipinge in modo assai nuovo l'indole gentile e generosa, che in tutti i tempi distinse il popolo di Venezia.

La mattina del giorno delle Palme un canonico di S. Marco, detto il Cassiere dell'anno, collocava sull'altar maggiore alcuni panieri di palme artificiali da essere presentate al Doge, ed ai Magistrati, che dovevano intervenire alla funzione. Ve ne avea pe' canonici, pe' chierici, pe' musici e per gli uscieri del Doge, di men belle però, ma tuttavia lavorate con molto buon gusto. La palma del Doge, fatta a piramide triangolare, distinguevasi sopra tutte per ricchezza e per eleganza. Il manico ch'era tutto dorato, portava lo stemma del Doge maestrevolmente dipinto; le foglie erano tutte d'oro, d'argento e di seta, accomodate con somma industria ed intrecciate con grazia. Questo finissimo lavoro usciva dalle mani delle Suore di Sant'Andrea, che non ci erano l'eguali per opere così fatte. Esse altresì formavano la palma del Primicerio, inferiore a quella del Doge, ma non per tanto men bella.

Benedicevansi le palme, indi si distribuivano fra ciascuno degli assistenti. Veniva poscia la messa solenne accompagnata da un'eccellente musica, dopo la quale il Clero faceva una processione intorno alla Chiesa, venendo seguito dal Doge, da' Magistrati e dal popolo portante in mano un ramo di ulivo. Giunta la comitiva dirimpetto alla porta maggiore faceva alto, ed i cantori intuonavano l'Inno: Gloria, laus et honor. Intanto che il coro cantava, alcuni sagrestani saliti sulla loggia esterna della facciata, davano al volo alcuni uccelli di varie specie, e segnatamente molte coppie di Piccioni, che portavano certi cartocci legati alle unghie, affinchè non potessero volar alto, e fossero costretti a calar presto a terra, il che porgeva comodo al popolo ragunato in piazza, di prenderli e di serbarseli per delizioso cibo il giorno di Pasqua.

Tre volte ripetevasi questa cerimonia durante la processione, dopo di che il Doge ed il suo seguito si ritiravano. Molti, non v'ha dubbio, recavansi in piazza per godere col popolo di questa piacevole caccia, che non finiva sì presto, attesi gli sforzi che gli uccelli facevano per isfuggire dalle mani di chi li perseguitava, e dai gridi d'una moltitudine ebbra di gioja, la quale nell'atto che bramava ghermirseli, applaudiva tuttavia al buon destino di que' volatili, qualora ad essi riusciva di non essere acciuffati. Gli applausi che alternativamente facevansi or a questi uccelli, che procacciavansi per sempre la libertà, or a quelli, che piombavano a terra per divenir vittima degli Dei Penati, porgevano un'idea dello spirito versatile degli uomini, agitati a vicenda da contrarie passioni, allorchè sono uniti in corpo, e tolti a quello stato d'isolamento, che può sottoporli ai serii calcoli della ragione e della giustizia.

Ma la natura provvide gli uccelli di un mezzo di difesa assai valido, contro il quale nulla può l'uomo, s'egli non prende in prestito dalla meccanica e dalla chimica una forza superiore. Senza tale soccorso il suo orgoglio dominatore resterebbe umiliato a petto dell'agilità di queste mansuete creature, che con un volo rapido come lo sguardo, si slanciano a distanze impercettibili, e lasciano il sovrano del mondo vergognoso della sua pesantezza, e della sua debile pupilla, che le perde di vista, allorchè si accostano al sole, in cui egli non può fissar l'occhio. Avveniva dunque che ciascun anno alcune coppie di questi timidi colombi, spaventati dal tumulto e dalle grida, ma però abbastanza accorti per non ispendere a vuoto i loro sforzi, si sollevavano per l'aria cercando qua e là un asilo. E dove potevano essi trovarne uno più sicuro e più felice, quanto in un luogo di pace consacrato a Colui, che tanto s'era compiaciuto in crearli? Nel tetto adunque della famosa chiesa di S. Marco i piccioni si ricovravano. Alcuni eziandio ebbero rifugio sotto a' piombi del coperto Ducale, quasi avessero voluto co' loro teneri lamenti ricreare e distrarre gl'infelici abitatori di quelle carceri. Questi pennuti coloni formarono una Repubblica, la cui base fu una libertà senza discordie, una comunità senza invasioni, e condita di tutte le delizie dell'amore. Da quel momento in poi essi si tennero quasi posti in salvo da ogni persecuzione, e scordati tosto di quella che avevano sofferto, furono visti frammischiarsi con fidanza in mezzo a quel popolo, che poco prima era stato loro nemico.

Compiacendosi i Veneziani di quest'amabile confidenza, si fecero un sacro dovere di non turbare mai più la tranquillità di que' Repubblicani; anzi spinsero a tale questo sentimento affettuoso, che vollero rispettar in essi la specie tutta, e si contentarono che il dì delle Palme venissero dati in balìa altri uccelli, tranne i colombi. Ecco in generale il carattere del popolo: un sentimento di dolcezza e di bontà lo attrae spontaneamente a favorire e a sostenere chi è debole; e se talvolta è crudele, ciò nasce per un impulso straniero. Fu mai esso che trascorse coll'arma alla mano le campagne e le foreste, per dar la caccia ai pacifici abitanti, gareggiando in furore colle fiere carnivore?

Anche il Governo volle concorrere col popolo per il buon essere di questi ospiti, ed ordinò che fossero loro apprestate alcune comode e ben disposte cellette, che sussistono tuttavia in que' siti ch'essi mostravano di preferire; ed inoltre volle che un Delegato dell'amministrazione de' pubblici granai facesse disperdere ogni mattina in sulla terza una certa quantità di grano per la piazza maggiore, e per l'altra dinanzi al palazzo Ducale. Bella lezione di morale che ci davano i Magistrati! Il costume di somministrare il vitto a tutti i discendenti di que' primi fuggiaschi, che non abbandonarono mai più il nido avito, stette sempre in vigore. Ma nel 1796 i semplici abitatori del tetto di S. Marco si videro in procinto di perire in que' momenti di anarchia e di confusione a Venezia tutta fatali, giacchè cessarono allora le leggi favorevoli a que' pensionarj dello Stato. Essi però furono fortunati, trovando fra i cittadini alcuni cuori sensibili e benefici, che si presero cura di porger loro ogni giorno qualche alimento. Non fu al certo per vanagloria, e ancor meno per interesse, che questi nuovi benefattori si assumessero cotal debito. È cosa in vero commovente il vedere ogni giorno questi pacifici uccelli fastosi in certa guisa di destar nell'uomo quel tenero senso di umanità che li sostiene, aggrupparsi in istormo in mezzo alla piazza, e conoscere e seguire la mano amica, che loro somministra l'ordinario cibo. Essi ragunansi ai piedi de' lor benevoli provveditori, vanno beccando con sicurezza l'offerto grano, accettano da' fanciulli, le cui malizie non temono, i bricciolini delle loro merende; passeggiano baldanzosi fra mezzo a noi, e se cedono il passo, il fanno in certa guisa per rispetto, non per timore.

Oh quanto dolci e insieme tristi pensieri non risveglia questa scena nell'anima d'un Veneziano buon patriota! Per iscansare gli orrori della guerra e la barbarie dei conquistatori gli avoli nostri si cacciarono in queste lagune a trovarvi un sicuro ricovero: e per isfuggire del pari crudeli persecuzioni e morte, i padri di questi felici colombi si ripararono, ora sono molti secoli, dentro i tetti di fabbriche consacrate alla pietà e alla giustizia. Essi fondaronvi una popolazione, la cui libertà venne fin ora rispettata, e si conserverà lungo tempo, siccome io spero. Servirà essa quasi per immagine di quella che noi ereditammo dai nostri antenati, in tempi, ahimè! da questi troppo diversi. Se le insegne della Repubblica di Venezia rimasero estinte, voi, o amabili colombi, ne sarete i ravvivatori sotto una forma ancor più acconcia a risvegliare l'immagine de' primi fondatori di Venezia, che non era lo stemma del leone alato, opportuno soltanto a rimembrare la sua forza e la sua generosità, allorch'essa fu giunta all'apice della potenza.

Festa di Santo Stefano

OSSIA VISITA DEL DOGE A SAN GIORGIO MAGGIORE.

Qualunque storia, che risalga a tempi assai rimoti, oltre al mancare di solidi documenti su cui appoggiarsi, viene talmente deformata dalle narrazioni popolari, che in essa mal puossi riconoscere la sincerità de' fatti. Simile inciampo presentasi a chi tenta decifrare l'origine della visita, che il Doge di Venezia faceva il giorno di Santo Stefano alla chiesa di S. Giorgio Maggiore. Ma lasciando a parte le opinioni volgari che non saprebbero meritare veruna credenza, potremo fissare l'epoca dell'instituzione di questa Festa all'anno 1009. Allora si fu che venne trasportato a Venezia da Costantinopoli il corpo di Santo Stefano, che fu subito deposto sull'altar maggiore nella chiesa di S. Giorgio. Il popolo tutto contento del prezioso acquisto, corse in folla ad invitare il Doge Ottone Orseolo a portarsi a quel tempio, e lo pregò inoltre ad obbligarsi per se e successori suoi di fare ogni anno una simile visita il giorno della festa del Santo. La grazia venne accordata di buon animo; poichè il singolare bene di possedere il corpo del primo martire della fede, poteva con ragione animare la divota pietà della Repubblica a stabilire una particolare solennità per la venerazione di lui.

Coll'andare degli anni i Dogi vi si recavano anche per visitare un luogo, come facevano di parecchi altri, il quale ad essi apparteneva per ragione di principato, volendo con ciò richiamare alla memoria de' sudditi il supremo dominio da loro conservato su questi ospizj. L'isola di S. Giorgio, chiamata anticamente de' Cipressi, per essere allora molto copiosa di questi alberi, era appartenuta in gran parte al Doge Tribuno Memmo; ond'è che l'isola tutta venne chiamata Memmia. Questo Doge regalò la sua parte a Giovanni Morosini, a condizione però che vi fondasse un monastero dell'ordine di S. Benedetto. Il Doge Sebastiano Ziani, che vi aveva un palagio, alcune saline, de' mulini, e un po' di terreno, fece anch'egli di tutto ciò un dono a que' medesimi religiosi. In oltre rifabbricò la chiesa, e mise a coltura il terreno all'intorno. Non era cosa nuova che i Dogi facessero tali doni agli ordini monastici, i quali sapevano ben conservarli e migliorarli; ed al caso di qualche pubblica urgenza, quasi per gratitudine, porgevano con offerte veramente spontanee importanti soccorsi allo Stato. Queste visite del Doge erano tante feste nazionali, poichè tutto il popolo vi accorreva con trasporto. Quella di cui imprendo parlare era una duplice visita, perchè una se ne faceva nella sera di Natale, l'altra nella mattina susseguente. Quella della sera divenne uno spettacolo così superbo, che il nostro celebre pittor Canaletto lo credette degno di figurare in una delle sue belle vedute, che venne poscia intagliata in rame, e che si può riscontrare anche oggidì. Essa era la sola visita in cui Sua Serenità comparisse pubblicamente di notte fuori del Ducale recinto. Essendo in quella stagione i giorni brevissimi, terminata la sacra funzione di Natale in chiesa a S. Marco, cominciava a farsi grande la notte. Allora il Doge montava ne' suoi magnifici peatoni accompagnato da' suoi consiglieri, dai capi delle quarantie, dai savj dell'una e l'altra mano, e dai quarant'uno che furono i suoi elettori. Veniva egli preceduto da certe barche co' lumi, appositamente dal Governo destinate, e seguito da innumerabili barchette di ogni maniera, fornite anch'esse di fanali, che tutte insieme coprivano lo spazio che avvi fra S. Marco e l'Isola di S. Giorgio Maggiore. Illuminavano questo spazio a dritta e a manca certi fuochi piantati sull'acqua, chiamati ludri, composti di corda bene impeciata, che mandavano anche da lungi un vivacissimo splendore, il quale riflettuto nell'acqua produceva un effetto magico. Giunta Sua Serenità alla riva dell'Isola, passava a piedi per mezzo di una elegantissima galleria costrutta appostamente, tutta coperta e chiusa sino alla porta maggiore della chiesa. Vedevasi in quest'occasione e nell'altra dell'Ascensione schierata la truppa Dalmata, sfarzosamente vestita, con bandiera spiegata, con banda militare suonante, il tutto per dimostrare esser essa intervenuta festeggiante a decoro del Principe, e a destare la commovente idea di amorosi figli che si recano come spontanei a circondare il loro tenero padre, non giammai a mantenimento dell'ordine, nè alla sicurezza di lui; cose queste ch'erano sempre affidate al solo cuore della Veneta popolazione. Veniva Sua Serenità ricevuta alla porta maggiore della chiesa dal Rev. Padre Abate di que' monaci, il quale vestito pontificalmente e colla mitra, faceva un complimento al Doge, e questi graziosamente gli rispondeva. Indi entravano in chiesa, dove facevano alcune preci. Frattanto anche le nostre Venete matrone scendevano dalle loro gondole, vestite di nero, con lungo strascico, ornate la testa, il collo, il petto e le orecchie di preziosissime gioje, avendo il volto velato di un finissimo merlo nero. Entravano esse pure divotamente in quella chiesa già affollata di gente. Dopo alcun tempo, tutta la regal comitiva rimettevasi in viaggio, rinnovando agli spettatori, accorsi sulle due opposte rive, uno spettacolo singolare, abbagliante, piacevolissimo. L'abbiamo ancora veduto tale a' nostri giorni. In questo modo davasi fine ad una sì bella sera.

La mattina susseguente, il Doge col medesimo corteggio della sera antecedente recavasi di nuovo all'Isola di S. Giorgio, e rientrava in quel suntuoso tempio, opera insigne del nostro celebre Palladio. Vi si cantava la messa, dopo la quale il Doge col suo seguito recavasi nel proprio palazzo. Allora davasi principio alle feste civili, le quali, sia in un modo o nell'altro, quasi sempre seguivano in Venezia le sacre funzioni. In questo dì il Doge riteneva a pranzo tutti quelli ch'erano stati con lui. Il popolo che avea ammirato il divoto raccoglimento de' togati padri nel tempio, non era meno soddisfatto di poter godere dappresso la loro dolce serenità al pubblico banchetto.

Frattanto la piazza empivasi de' più sfarzosi ed eleganti cittadini. Le nostre belle vi andavano anch'esse a far pompa non meno dell'avvenenza che delle domestiche ricchezze. Questo era uno de' giorni della loro maggior gala. Sotto il velo della maschera nazionale passeggiavano esse la gran piazza, ove da una parte e dall'altra stavano schierate due file di scranne, sulle quali ognuno poteva sedere liberamente e godere di quella pompa brillante. Ad accrescere l'allegria della giornata si formavano numerosi pranzi di società, e il tutto finiva coll'apertura di sette teatri, dove ogni classe di persone trovava un diletto ad essa proporzionato.

Gl'infelici avvenimenti accaduti nel 1796 diedero fine alla Festa, ed a' suoi molti piaceri. Non è però a dirsi che ogni cosa svanisse, poichè le persone divote possono tuttavia soddisfare al loro sentimento, portandosi a quel medesimo tempio di S. Giorgio, riaperto non solo alle quotidiane preci, ma alla celebrazione altresì di quelle medesime solennità ne' giorni medesimi che hanno esse luogo in S. Marco. Altro oggetto pure può invitare oggidì a quell'isola, dove venne stabilito il Porto-Franco, che presenta ai Veneziani una prospettiva lusinghiera, ed offre nel tempo stesso ai curiosi un'opera veramente degna di venire osservata.

Grandi scavazioni furono necessarie per dar ingresso alle pesanti navi mercantili, e perchè potessero facilmente approdare. Un vasto molo forma il recinto, ed agevola lo sbarco delle mercanzie, che debbono essere depositate negli ampli magazzini eretti di faccia. Ingegnosissimo e veramente ammirabile fu il ritrovato del nostro celebre ingegnere Venturelli per sostenere del molo le fondamenta. Dirimpetto ad esso fu costrutta una larga sponda marmorea, alle cui estremità sta attaccata una forte catena di ferro per chiudere l'ingresso e l'uscita alle navi, e separar quelle merci, che dirette per esteri Stati devono transitare con assoluta franchigia, da quelle che destinate al consumo della città o delle adiacenti provincie sono soggette al pagamento de' pubblici diritti. Il bacino è capace al meno di 18 bastimenti mercantili. Che se a taluno può sembrare alquanto ristretto per la città di Venezia, osservare egli deve, che non trattasi già di quella Venezia, il cui lustro spargevasi sul mondo tutto, e la cui preponderanza commerciale dava leggi all'universo; nè di quella Venezia sì ricca, in cui la folla dei navigli ancorati era tale da rendere difficile e stretto il passaggio delle gondole nel vasto canale della Giudecca; nè di quella Venezia a cui giugneva ogni giorno, anche da' soli fiumi, sì gran copia di mercanzie, che la città tutta parea un quotidiano mercato; non infine di quella Venezia che era l'emporio di tutte le nazioni, e il cui commercio estendevasi dall'Abissinia alla Svezia, dalla Persia alla Spagna; ma trattasi di quella Venezia, che più d'ogni altra città ha perduto nelle rivoluzioni politiche, che per i progressi delle altre nazioni non può più essere ciò che fu, e che deve sostenere la concorrenza degli altri porti del Mediterraneo. Ciò posto si deve riconoscere, che anche un luogo non molto esteso può in oggi esser bastante per contenere tutte le merci di transito, e dove sì gli esteri che i nazionali possono contrattarle, senza che abbiavi ad essere nè distinzioni umilianti per gli uni, nè pretesi privilegi per gli altri, giacchè la giustizia è una sola, nè può ammettere protezioni. Intesa questa gran verità da' nostri antichi legislatori, sino dall'ottavo secolo trattarono essi col massimo riguardo tutti gli Orientali, che venivano a mercanteggiare in Venezia. Furono segnatamente date ad essi vaste fabbriche per alloggiare con libertà e comodo. Havvi ancora li nome di Ruga Jaffa, ch'era una contrada dove abitavano gli Armeni Persiani, o sia gli Armeni di Jaffa. Eravi il fondaco dei Saraceni o Mori, il quale più non esiste, ma di cui rimane ancora la memoria nella Piazza detta Campo dei Mori, sulla quale sorgeva un vasto e magnifico edifizio con colonne, statue ed altri ornamenti, di che si vedono tuttavia i rimasugli nelle casette costrutte poscia in quel luogo. Il fondaco de' Turchi si conserva pure oggidì sul canal grande, e serve ancora alla loro abitazione. Ne' tempi posteriori vi si eresse pure il Fondaco dei Tedeschi, famoso oltre al resto, per le superbe pitture delle quali lo hanno arricchito li nostri più celebri pittori. Tutto questo lusso non è certamente necessario all'essenza della cosa, e basterà solo che rimangano in vigore le basi essenziali del commercio.

Che se la sapienza e l'accorgimento d'un illuminato Governo consiste principalmente nell'approfittare delle opportunità, che somministra il paese, nel secondare i vantaggi della sua posizione, del suolo, del clima e sopra tutto del genio e delle abitudini dei suoi abitanti, certo è che creando Franco il Porto di Venezia si avrà preso la migliore possibile misura a suo riguardo. Non v'è forse in tutta Europa una località più opportuna di questa per siffatta instituzione. E chi mai v'ha, che volgendo lo sguardo alle nostre lagune, ai fiumi che accolgono, al mare che toccano, alla nostra superba città, agli edifizj vastissimi, alle vaghe isolette che nel loro giro racchiudono, ai liti abitati da cui sono cinte, non esclami: oh quale immensa potenza marittima e commerciante qui un giorno non si doveva ricoverare! Nè meraviglia potrà fare, che il nostro commercio siasi mantenuto floridissimo per lo spazio almeno di nove secoli, cioè dal 700 sino al 1600, e che anche nei secoli posteriori Venezia abbia superato in ricchezze ogni altra città d'Italia, come lo provarono le somme incredibili uscitene per le vicissitudini politiche, senza che per un tempo ne rimanesse mal concia. Venezia potrà sempre riprendere gran vigore, avendo essa, come osservammo, sopra tutte le altre città commercianti, infiniti vantaggi, ai quali dobbiamo aggiungere il suo credito di già stabilito, la solidità già fondata del suo commercio, e la conosciuta moderazione di chi lo esercita. Che se tutto ciò non avesse bastato per l'intera prosperità di una tale instituzione, vi avemmo inoltre uno zelante e ben instrutto cittadino, il quale animato dal favore del Governo potè farsi capo di altri non meno zelanti cittadini per indicare gli utili regolamenti da farsi affine di ottenere il desiderato effetto. È questi il signor Treves, il quale ad estesi lumi in fatto di commercio unisce un appassionato amor patrio, ed un carattere sì leale e franco da non trovarsi mai sopraffatto da ingiuste accuse, nè disanimato da ostacoli di qual si sia sorte, ma sempre dritto va pel suo cammino, la cui meta è il bene della sua patria. Eletto l'anno 1807 Preside della Camera di Commercio, immaginò egli questa bella istituzione del Porto-Franco, ne tracciò le basi, ne invigilò all'esecuzione, e vi concorse non coi consigli soltanto, ma coll'opera la più efficace. Da tutto ciò possiamo assicurarci, che le misure già prese relativamente a questo grande oggetto, sono le più atte e bastanti per ravvivare in gran parte ciò che languiva, per arrestare le minaccianti rovine, e per riavere tutto ciò che le politiche circostanze permettono.

Festa del Giovedì Grasso

Fin da quando i Longobardi presero ferma stanza nel Friuli, i Patriarchi di Aquileja molestarono di continuo quelli di Grado soggetti al dominio Veneto, non cessando mai di adoperare e gl'intrighi e la forza per rovesciare la Sede Gradense; e fu spesso abbominando spettacolo il vedere sacri pastori, deposta la mitra e il pastorale, prendere l'elmo e la spada, invadere il nemico paese, violare monasteri, abbatter chiese, rapir tesori, e portare da per tutto desolazione e terrore. Che se non giunsero mai ad ottenere il fine da loro sì vagheggiato, ciò vuolsi in gran parte attribuire ai Veneziani, che zelanti difensori, com'erano, del Patriarcato di Grado avevano sempre opposta la forza e rintuzzati i rabbiosi loro tentativi. Ulrico, eletto Patriarca di Aquileja nel 1162, divorato anch'egli dal medesimo tarlo di rivalità e di odio, ben conobbe che non potea sfamarlo senza superare sì forte ostacolo, nè superarlo poteva senza ricorrere al vilissimo mezzo dell'astuzia. Quindi colse il momento, che i Veneziani facevano la guerra ai Padovani e Ferraresi, per ragunare egli in fretta un buon sussidio di gente dai feudatarj Friulani a lui bene affetti, e per occupare a tradimento l'infelice città. Ma appena il Doge Vital II Michiel udì l'ingiusta aggressione, che armò una flotta, fece vela inverso Grado, circondò la città, pose a terra le truppe, sconfisse il nemico, riacquistò la piazza, e vi sorprese il Patriarca con dodici de' suoi canonici e alcuni de' suoi vassalli, che fece prigionieri, e condusse in trionfo a Venezia.

L'entrata del Doge tanto fu pomposa, quanto cospicua era stata la sua vittoria. Dietro lui veniva Ulrico vinto, abbattuto, disperato di vedersi vittima del suo folle ardire. L'avvilimento e la tristezza, conseguenze ordinarie di una vergognosa sconfitta, il persuasero a fare ogni sforzo per placar la Repubblica e ricoverare la sua libertà. Egli offerse di sottoporsi a qualunque condizione fosse piaciuta al vincitore, e di pagare ad ogni costo il suo riscatto. Le replicate sue offerte e le calde preghiere furono lungamente vane. Due forti motivi mossero il Governo ad usar sommo rigore. L'uno fu quello di annientar l'orgoglio di Ulrico, togliendo al tempo stesso ai di lui successori la voglia di provocare più oltre la vendetta della Repubblica con pretensioni novelle; l'altro fu per rendere la memoria del fatto eternamente durevole, onde impegnare il popolo stesso a conservarsi pronto a difendere il proprio suolo, la sua indipendenza, e i diritti e i privilegi della nazione. Alfine si permise ad Ulrico di ritornarsene co' suoi a casa, purchè subito giuntovi, come pure quind'innanzi ogni anno pel Giovedì Grasso, giorno anniversario della vittoria, avesse a spedire a Venezia un pingue toro e dodici porci per servire di spettacolo e di solazzo alla plebe. Ulrico tutto accordò: ma è credibile, che goffo com'era, non si accorgesse di venire rappresentato egli ed i suoi canonici, sotto sì umiliante allegoria?

Che che sia di ciò, la festa fu decretata; se ne prescrisse la celebrazione ed il metodo, e ciascun anno si rinnovò con solennità, con entusiasmo, con allegria generale. Eccone l'ordine stabilito. Ricevuti dal Patriarca gli effetti stipulati, si custodivano gelosamente nel Palazzo Ducale. Il giorno innanzi la gran festa, erigevansi nella sala, detta del Piovego, alcuni castelli di tavola, rappresentanti le fortezze dei signori Friulani. Ivi pure raccoglievasi il Magistrato del Proprio, che in forma legale pronunziava sentenza di morte contro il toro ed i porci. Il corpo de' Fabbri essendosi altamente segnalato nella vittoria contro Ulrico, come quello de' Casseleri nella liberazione delle Venete Spose involate dai Triestini in Olivolo, meritò il privilegio di tagliar la testa al toro. E per ciò la mattina del Giovedì Grasso, armati tutti di lance, di scimitarre ignude e di lunghissime apposite spade, si recavano al Palazzo Ducale con alla testa il loro gonfalone, e preceduti da scelta banda militare. Ad essi consegnavasi il toro ed i porci, che venivano condotti con molto apparato sulla piazza di san Marco. Queste vittime passavano in mezzo alla moltitudine, avida di vederle atterrate. Il popolo coll'occhio scintillante e pieno il cuore della propria gloria, usciva in trasporti di gioja, ch'erano quasi altrettanti pegni di nuove vittorie. Stava esso attendendo con impazienza il segnale, e parevagli rivedere il giorno del suo trionfo, e vi applaudiva con altissime grida a punizione e vergogna de' suoi nemici. La grande esecuzione, o diremo piuttosto il simbolico sacrificio, che si faceva alla presenza del Doge e della Signoria, era sempre accompagnato da non interrotti battimenti di mano, e a fischi ed urli di scherno contro i vinti. Ciò fornito, il Doge col suo corteggio passava nella sala del Piovego, dov'erano que' castelletti sopra menzionati; e qui Egli ed i suoi Consiglieri, dato di piglio ad un bastone, armato di punta di ferro, ed ajutati dal popolo che da ogni parte accorreva, battevano a gran colpi que' castelletti, sino a tanto che non ne rimanesse più traccia; per significare con ciò la vendetta che si sarebbe fatta de' Castellani feudatarj, se mai più avessero favorito le ingiuste pretese dei Patriarchi Aquilejesi contro la chiesa di Grado.

Conviene confessare, che oggidì tali spettacoli non avrebbero nulla di piacevole e di giocondo: ma quelli dei Greci e de' Romani erano forse più ragionevoli di questi? Abbiamo inoltre a nostro vantaggio il tempo in cui furono instituiti, tempo di tutta semplicità non disgiunta da una severa giustizia. Col progredir degli anni si conobbe quanto ridicole fossero tali costumanze, e come poco si addicessero alla dignità di una nazione incivilita. Esse poi erano divenute insignificanti per essere in appresso li prelati della vecchia Aquileja, come pure l'intero Friuli, passato sotto il dominio della Repubblica. L'illustre Doge Andrea Gritti, che visse ornato del Ducal diadema nella prima metà del secolo XVI, ebbe il merito di riformare questa Festa, e a tale la ridusse, che appena appena serbò vestigie di ciò ch'era stata in origine. Si volle però conservar ai Fabbri l'antico decoroso privilegio di troncare essi soli il capo alla vittima carnascialesca: e di tal privilegio erano sì superbi, che prima di andar la mattina in piazza s'arrestavano alle porte de' primarj patrizj loro protettori, quasi invitandoli col suono delle trombe a portarsi ad ammirarli. Anche nel resto si studiò di conservare a questa Festa il carattere popolare; e sotto colore di divertir li plebei, ebbesi la principal mira di esercitarli in tutti que' giuochi, che valgono a sviluppare ed accrescere le loro forze e la loro destrezza; di eccitare l'emulazione mercè l'opposizione de' partiti; di renderli in somma atti a tutte le operazioni sì marittime che terrestri, formandone uomini intrepidi, ardimentosi, gagliardi.

Nella pittura di quest'antichissima Festa noi non vedemmo fin ora che un ignobile simbolo e bizzarro dell'ottenuta vittoria, un sacrificio ridicolo e spiacevole consacrato alla vendetta: qui la scena si cangia, ed apre uno spettacolo nazionale e veramente solenne. Qui tutto diventa interessante e grande non meno in quanto allo scopo, che in quanto agli effetti. Qui il Doge, la Signorìa, il Senato, gli Ambasciatori intervengono solo per presiedere, e per aggiunger decoro colla presenza ad una specie di giuochi proprj del solo popolo di Venezia, che se non gareggiano in pompa e splendore con quelli dell'antichità, sono degni di competer con essi per la fina politica, ond'ebbero origine, e per la ilarità che svegliano ne' cuori. Ma prima di far parola dello spettacolo, diasi una occhiata a due fazioni differenti e sempre tra loro rivali, l'una detta de' Castellani; l'altra de' Nicolotti, dalle due contrade di Castello e di S. Nicolò, che sono tra le principali, l'una di qua, l'altra di là del gran canale, che divenne di ambedue le fazioni il confine.

Il principio di quella contrarietà, che il tempo non valse ancora a distruggere, è non meno antico che incerto. Potrebbe essere anteriore all'epoca in cui queste isole non erano per anco congiunte in una sola città, e potrassi dire, che la caccia, la pesca, i limiti non ancora fissati del loro territorio, facessero nascere e mantenere certe dispute e querele fra gl'isolani, che in appresso si convertirono in odio e divisione di partiti. Potrebbesi anco a tali congetture aggiungere, che a' tempi calamitosi dell'Italia, quando Venezia apriva il suo grembo consolatore a tutti gli sventurati, che vi si rifuggivano, gli abitanti di Equilio e d'Eraclea, formanti due fazioni fra di loro molto accanite, venissero qui a cercare un asilo, e che secondando probabilmente gl'impulsi dell'avita loro avversione, si piantassero nelle due opposte sponde del gran canale, onde vivere gli uni segregati dagli altri; e che meschiandosi quelli co' Castellani, questi co' Nicolotti vi diffondessero tra loro lo spirito di partito, il quale venne crescendo in proporzione dell'aumento della popolazione, e delle rispettive cause di odio scambievole. Gli stranieri poi, pe' quali il nome di Veneziano e di politico sono quasi sinonimi, attribuiscono a conseguenza di sistema politico, che il governo soffrisse, anzi fomentasse questa ereditaria animosità di fazioni; giacchè, dicevan essi, per simile divisione di popolo nella capitale, la sospettosa Aristocrazia assicuravasi, che non sarebbero nate trame contro di essa. Ma tale opinione potrebbe perdere alquanto del suo credito, poichè vediamo le due fazioni ora più che mai accanite. Tuttavia non crediamo ingannarci sul loro spirito attuale. Più che avversione, ella è concorde vaghezza di far rivivere una fra le Venete antiche consuetudini già perdute, rinnovando gare, rivalità e disfide, che negli animi delle classi meno incivilite, dopo avere eccitato il più vivo trasporto, vanno a trasformarsi in soggetto di trastullo e di gozzoviglia.

Ma ritornando a' tempi primitivi, senza perderci in congetture più ingegnose che solide per istabilire l'origine di questa opposizione di partiti, è da osservarsi, che da per tutto dove gli uomini respirarono l'aura salutare e vivifica della libertà, il popolo usò accarezzarne e santificarne le institutioni e le usanze; che fu sempre non meno zelante in nodrire e coltivare i primitivi sentimenti inspirati dalla natura, perpetuando tutto ciò che aver potesse legame con questa originaria dote dell'uomo. Quindi è, che in tutte le società nascenti, gli esercizj del corpo, le sembianze di pugna, le lotte, il pugilato, i ginnasj, le palestre, le corse, vennero singolarmente praticate e tenute in onore. I nostri padri pertanto, scorti prima dall'istinto dell'uomo ancor barbaro, indi rischiarati dal genio delle scienze ormai fatte adulte, seppero rivolgere a profitto della patria le passioni tutte, l'industria e le forze del popolo, col presentargli continui motivi di gloria, di superiorità, d'interesse. Per questa via seppero cangiar la gelosia e la rivalità delle due fazioni plebee in quella nobile emulazione e in quell'entusiasmo, che si alimenta della cosa pubblica, della prosperità comune, o della grandezza dello Stato. Fu da tali giuochi, e da tali combattimenti, sì analoghi ad un popolo libero e indipendente, che scaturirono tutti que' mezzi efficaci, pe' quali Venezia nel corso di tanti secoli ottenne quella superiorità che sì la distinse fra tutte le altre nazioni di Europa. Ed infatti non si serve mai bene la patria, se non si chiude in seno un'anima forte e generosa in un corpo robusto e consumato nella fatica. A questo fine mirarono tutte le Repubbliche più celebri, e posero tutte in opera gli stessi mezzi. Vogliamo noi convincerci di ciò senza rimontare ai Greci ed ai Romani? Leggansi le storie delle piccole Repubbliche di Firenze, di Siena, di Pisa e di Bologna, e si troverà, che tutte a certi tempi avevano le stesse feste, gli stessi giuochi, gli stessi esercizj e spettacoli, diretti a mantenere lo spirito di libertà e l'amor della patria, requisiti necessarj, perchè una Repubblica possa consolidare la sua esistenza e perpetuarla.

Condotti adunque da sì sublime principio di comune utile, noi abbiamo sfiorati e con gelosia serbati tutti i preziosi avanzi degli antichi usi di Grecia e d'Italia. In particolare l'ultimo giovedì di Carnovale, detto volgarmente Giovedì Grasso, le due fazioni de' Nicolotti e Castellani facevano i maggiori sforzi per superarsi a vicenda. Seguiva lo spettacolo nella piazza di san Marco sotto gli occhi (siccome abbiamo di sopra accennato) del Doge vestito a gala, della Signoria, del Senato e degli Ambasciatori, collocati dignitosamente nella galleria del palazzo Ducale, che guarda la piazza.

La Festa cominciava dal sacrificio del toro; cerimonia che teneva dell'antico, e la sola che si conservasse della prima instituzione, della quale abbiamo parlato. Ciò ch'eravi di più osservabile del popolo, ciò ch'eccitava per parte sua i maggiori gridi di gioja, gli applausi i più vivaci, si era la destrezza di quello che decollava l'animale, la cui testa dovea cadere e rotolare sulla terra ad un sol colpo di sciabla, ed il ferro non doveva, malgrado la violenza del colpo, toccare il terreno.

A questo spettacolo succedeva il volo di un uomo armato di ali, che vedevasi partire da una barca ancorata alla sponda della piazzetta, ed innalzarsi sino alla camera del gran campanile di san Marco. Traversava costui sì grande spazio di aria, mercè di una gomena fortemente assicurata da uno dei cavi alla barca, dall'altro al comignolo del campanile. Egli veniva legato a certi anelli infilzati nella gomena, e col mezzo di un'altra fune e di parecchie girelle lo si faceva ascendere e calare con gran velocità e agevolezza, come se adoperasse le sue ali. Il suo cammino aereo era tracciato in modo, che dopo essere asceso al campanile, calava sino all'altezza della galleria del palazzo, dove presentava al Doge un mazzetto di fiori ed alcuni sonetti; indi ritornava all'alto della torre, e quinci di nuovo scendeva alla sua barca. Usavasi scegliere a tal fine un uomo di professione marinajo, forte di petto e di reni, che potesse lungamente resistere ad un viaggio sì violento e sì strano: perciocchè gli anelli non lo ritenevano se non ai piedi e alle spalle, affinchè agli occhi degli spettatori si presentasse, per quanto potevasi, sotto il vero aspetto del messaggiere celeste, che fende l'aria per eseguire i comandi di Giove. Il leggiero farsetto ond'era vestito, i nastri che gli svolazzavano indosso, i sonetti che per l'aria spargeva, il suo volto composto a letizia, i suoi gesti, le sue voci di gioja, tutto giovava all'illusione, ed inspirava nella moltitudine spettatrice ammirazione, premura, trasporto.

A questa scena venivano dietro le Forze di Ercole, che così i Veneziani solevano chiamare certa gara tra' Castellani e Nicolotti. Di esso non puossi formai idea giusta senza averle vedute. Immaginiamoci però di scorgere sopra un apposito palco costrutto in sul fatto, perchè il popolo anche da lungi tutto mirar potesse, erigersi a vista d'occhio un bellissimo edificio composto di uomini, gli uni sovrapposti agli altri sino ad una grande altezza. Mercè delle loro positure e scorci diversi, questo edificio rappresentavasi sotto differenti forme, a norma del loro immaginato modello. Or era una piramide egizia, ora la famosa torre di Babilonia, ora ciò che può offrire alla vista di meglio l'architettura navale e civile. Nel far ciò non si valean d'altro ajuto che delle proprie braccia, degli omeri loro, ed alcune volte di certi lunghi assi che posavansi sulle spalle, o su qualche altra parte del corpo, onde vieppiù legare e strignere tutti i membri di questa fabbrica equilibrata, di cui essi medesimi erano gli architetti, inventandone il disegno, ed erano anco i materiali, somministrandovi i loro corpi, e la combinazione delle loro forze. Volevano, per esempio, innalzare una sublime piramide? Essa veniva formata da quattro o cinque file d'uomini gli uni montati sulle spalle degli altri, che poi terminava in un solo. Sull'ultimo apice di questa piramide colossale arrampicavasi con somma destrezza un giovinetto, il quale, poichè v'era giunto, si tenea ritto e fermo in piedi sulla testa dell'ultimo uomo in modo maraviglioso. Nè ciò bastava ancora. Vedeasene un altro salire velocemente d'ordine in ordine fino a quest'ultimo, e volto il proprio capo in giù, ponealo sul capo di quello, facendosi puntello delle sue mani sulle mani dell'inferiore, agitava pe' campi dell'aria i leggieri suoi piedi, e faceva con essi galloria. Talora anche rivolgevasi, e stando ritto sull'estremo apice ne formava il cimiero, e coll'agitar delle braccia, e col battere delle mani dava il segnale della comune allegrezza. Gli spettatori che temere non potevano pericolo in quelli atleti, perchè vedevano non temerne essi alcuno, gli rispondevano battendo anch'essi le mani, vociferando e gridando maravigliati, e tutti ebbri di gioja.

Ma già l'altro partito preso da nobile emulazione ardeva di voglia di ottenere anch'esso gli stessi applausi, nè intralasciava nulla per sorpassare in destrezza la fazione rivale. Quindi que' prodigj e quegli sforzi che non si potrebbero nè narrare, nè credere, ma che pur succedendosi da banda a banda quasi per incanto, raddoppiavano le apparenze di un'architettura superiore ad ogni modello, benchè passeggiera e fittizia. Il popolo in tal guisa ammaestrato, quando occasione gli si fosse offerta, non avrebbe avuto mestieri, come gli altri popoli, di ricorrere al comun ajuto delle scale per ascendere ad una fortezza; potea pur anco di leggieri manovrare un vascello in burrasca, montare sull'estremità degli alberi e dei cordaggi per quanto soffiasse il vento; tenersi saldo su piedi, o piegare il corpo in modo, che secondasse le scosse del bastimento, e l'agitazione dell'onde sbattute o dalla burrasca o dal combattimento; e tutti questi vantaggi preziosissimi per lo Stato erano l'effetto delle sue gare da scherzo.

Compiuto questo spettacolo, tantosto ne veniva un altro, motivo anch'esso di nuova emulazione tra i due partiti. Era desso una specie di lotta scherma tolta dai Saracini, che volgarmente dicevasi la Moresca, la quale non men dell'altra esigeva agilità, pieghevolezza di membri e gagliardìa. Li combattenti si accignevano con sì grand'ardore, che avresti detto trattarsi dei loro interessi più cari e del loro più importante trionfo. Gli spettatori cogli occhi ed i cuori fisi sui bravi atleti, osservavano il principio di quest'esercizio guerriero, ne seguivano i progressi, ne aspettavano l'esito con quella inquietudine piacevole, con quel palpito, con quell'impegno, che fa sospendere il respiro, quasi per tema di turbare con picciolo sussurro l'azione de' lottatori. Ma lo stato di estasi, d'immobilità e di silenzio che teneva tutti i moti dell'anima in freno, ben presto cessava, e scioglievasi in un immenso scroscio di viva, di applausi, di trasporti, di cui rintronava la piazza, e che a poco a poco mancando, cangiavasi in quel cupo mormorìo, che nasce dal contrasto di tante migliaja di uomini, che si sforzano colla voce di attribuire la vittoria a quella fazione che ciascun favorisce. Questa Festa era infine la festa di tutti, ed ogni cittadino portava impressa nel volto una porzione del diletto comune; e chi non v'interveniva, chiedeva almeno con ansietà le nuove agli altri, e se ne facea narrare gli accidenti. La nobiltà stessa, che pur ai nostri dì affettava di sdegnare la popolarità di tai giuochi, e, per mostrarsi superiore alla plebe, riguardava lo spettacolo come un decrepito avanzo di ridicola barbarie, non poteva alla fin fine rimanere indifferente. Stupiva di sè stessa in sentir, suo malgrado, un occulto diletto, che attaccavala a que' giuochi.

Terminava questa Festa una superba macchina di fuochi d'artifìcio, che pur destava i popolari viva, malgrado allo stravagante costume di accenderla a chiaro giorno. Anticamente la ragione ne fu per lasciar il tempo necessario alla nobiltà di apparecchiarsi ad un ballo, che la medesima sera il Doge dava nel suo palazzo. Questo ballo non ebbe più luogo in appresso, ma non per tanto non si cangiò l'ora de' fuochi, poichè si tiene il più che si può alle abitudini. Il sole, è vero, scemava il loro splendore, pure non distruggeva il loro effetto sulle anime di un popolo sempre disposto ad applaudire con trasporto a tutto ciò che facevasi in nome della patria, e che aveva qualche legame colla gloria della nazione. Esso gioiva perchè era felice; abbandonavasi ad una dolce e vera ilarità, perchè aveva cittadino il cuore e lo spirito, e perchè l'amor patrio e que' sentimenti che da esso provengono, sono una fonte inesausta di piacere, di grandezza e di prosperità.

O SIA VISITA DEL DOGE AL MONASTERO DELLE VERGINI.

Papa Onorio III dolente assai per i tumulti che l'Imperator Federico II destava in Lombardia a danno del Cristianesimo, risolse inviargli un Legato, che tentasse di ammansarlo. A tal fine scelse Ugolino Vescovo di Ostia, che fu poscia Papa col nome di Gregorio IX. Questi in passando per Venezia l'anno 1176 udì narrare, che i Saracini non mai sazj di perseguitare i fedeli, avevano distrutto nella santa Città anche il tempio dedicato alla Vergine. Egli ne rimase vivamente commosso, e conoscendo la molta pietà del Doge Pietro Ziani, animò la di lui generosità a risarcire quel culto, che la Madre di Dio avea perduto in Gerusalemme per l'orribile profanazione de' seguaci di Maometto. Il religioso Principe accolse con rispetto le pie insinuazioni del Vescovo, e fece tosto a sue spese innalzare nella contrada di Castello non solo un tempio in onore della Vergine, ma eziandio un monastero, in cui molte zitelle nobili fecero i loro voti, e presero il sacro velo. Questo monastero assunse il nome stesso della chiesa, e fu detto le Vergini. Il Doge sì ad esso come al tempio assegnò una dote di fondi suoi proprj, a condizione però ch'entrambi appartenessero mai sempre ai Dogi. E per convalidare questo perpetuo dominio fu decretato, che qualvolta veniva eletta una nuova Abbadessa, il Doge si recasse al monastero per darle secondo l'uso di que' tempi l'investitura. La cerimonia consisteva nel porre in dito della candidata un anello d'oro, ch'ella doveva portare sin che viveva. Inoltre per tenere più viva la memoria di questo possesso, si volle che il Doge con tutto il suo augusto corteggio si recasse ciascun anno il dì primo di maggio a visitare le Vergini. Egli cominciava dall'entrar nella chiesa, e dall'assistere ad una messa solenne celebrata da un Vescovo da lui prescelto, e cantata da' musici della sua cappella. Compiuto il sacrificio, veniva al parlatorio, ove la madre Abbadessa vestita di un lunghissimo manto bianco, con in capo due veli, uno bianco e un nero, che scendevano a coprirle la vita, presentavasi al Doge seguita dalle sue consorelle, e dalle giovanette affidate alla sua educazione. Ella parlava per tutte: e fatto al Doge il complimento, offrivagli un mazzetto di fiori col manico tutto d'oro, circondato di finissimi merli di Venezia. Il maestro di cerimonie del Doge ne dispensava uno alquanto inferiore al Vescovo, al Nunzio apostolico, ed a tutte le persone del seguito, secondo la commissione avuta da quelle religiose. È ben naturale, che il Doge nell'accogliere il gentil dono aggiungesse molte parole cortesi alla Madre Abbadessa. Interrogavala con premura di ciò che poteva spettare alla comunità; le offeriva la sua cordiale assistenza qual vero e legittimo protettore, e s'informava intorno alla riuscita delle giovani allieve. Beate quelle che per i vincoli del sangue potevano venir presentate, come le più meritevoli di tanto onore! Questa bella distinzione, e gli elogi del Capo della Repubblica pronunziati in faccia a sì augusta assemblea, potevano a giusto diritto lusingare il loro amor proprio, contribuire ai felici progressi della loro educazione, e rattemprare il dolor delle madri per una separazione ad esse comandata dall'uso comune. Fu al certo in vista di tutto ciò, che allora quando nel 1375 un incendio incenerì quasi affatto questo edificio, anzi che unire quello spazio di terreno al contiguo arsenale, com'era stato proposto, si preferì di conservarlo ad un uso sì salutare; anzi si decretò di rifabbricare il monastero in forma più ricca e più splendida. Nè per altra ragione che per quella dell'educazione, si ebbe altresì particolar cura di perpetuare in tutto il suo lustro la festa, o sia la visita del Doge tal quale la vedemmo sino all'anno 1796. Ma da che tale educazione cessò, fu buon consiglio il servirsi di quell'edificio come di un accessorio al grande arsenale. Nomando questo celebre stabilimento della Veneta Repubblica, non puossi a meno di non trattenervisi alquanto col discorso.

Il suo principio dev'essere stato, e realmente il fu, congiunto a quello di Venezia, mentre i nostri antenati volendo formare una città in mezzo alle lagune, dovettero tosto conoscere il bisogno di armarsi per reprimere gli assalti de' vicini, ai quali non poteva destar che dispetto il veder sortire di mezzo all'acque una nuova e grande città. Per tanto da che fu approntata una marina di difesa, occorsero cantieri ed arsenale. Ma quello, di cui qui si tratta, non ebbe principio nel sito ove giace, se non nel 1104. Venne a mano a mano aggrandito, e giunse dopo il 1569 ad avere oltre due miglia di circonferenza, e ad essere tutto recinto di mura. Si cominciò allora a dire, a scrivere ed a ripetere da per tutto, che Venezia aveva il più bel Arsenale del mondo, e si aggiunse persino, ch'esso meriterebbe di venir preferito a quattro delle più belle città della Lombardia. Ciò fu tenuto per incontrastabile, nè vi fu che un certo signor Forfait, il quale in questi ultimi tempi osasse annunziare all'Istituto di Parigi, ed anche stampare, che «l'Arsenal di Venezia non merita più di essere risguardato, che come un monumento antico, fatto appena per eccitare la curiosità dell'uomo, che si compiace d'indagar le traccie rare e impercettìbili, che ha lasciato nella serie de' tempi il lento progresso delle scienze e delle arti nautiche.» Per sapere qual peso debbasi dare a questa opinione, sì opposta al giudizio di tutti gl'intelligenti d'ogni nazione, converrebbe ch'egli ci avesse detto se ha giudicato così al suo arrivo o alla sua partenza. Ne lascio la cura a' miei leggittori.

L'Arsenale di Venezia è una specie di città dentro la città. Lungo sarebbe il descrivere i vasti magazzini altrevolte ripieni di alberi, di timoni, di ancore, e di quanto potrebbe bastare pel lavoro di dieci anni sì riguardo al servigio, e sì alla costruzione de' vascelli. Infinite erano le officine, ove mille braccia sudavano intorno a mille opere d'ogni maniera che strepitavano un giorno pe' martelli de' lavori di ferro e di acciajo. Stupendo edifizio è la gran fonderia de' cannoni e delle palle; ma più stupendo ancora è quell'altro destinato al travaglio del canape. Esso conserva il nome di Tana, derivato dal famoso porto così chiamato, e dalla città antichissima che da Tolomeo fu detta Tanay, per essere posta sulle rive del fiume Tanay, ora detto Don; giacchè i Veneziani ne' loro primi tempi colà si recavano a fornirsi de' canapi per la marina. Merita osservazione altresì la gran sala, dove più di cento femmine adoperavansi intorno alla facitura delle vele; e molto più quell'altra, in cui stavano in bell'ordine schierati i modelli delle fortezze primarie dello Stato, delle macchine più ingegnose, de' ponti più singolari, e finalmente di tutte le forme de' vascelli dalla prima epoca della nostra marina sino a' tempi recenti. Ben fu sciagura, che tra esse andasse perduta sin da lontana epoca la forma di quella famosa Quinquereme, con cui il nostro Vettor Fausto nell'anno 1529 era giunto a rinnovare la ricordanza delle Quinqueremi Romane. Egli è certo, che tanto romore ed applauso destò nel mondo la sua invenzione, che sarebbe un monumento prezioso per noi il modello di un'opera, che non meno all'autore che al nostro Arsenale in cui fu lavorata, apportò tanta gloria, da venir esaltata a cielo e in verso e in prosa dalle più illustri penne. Ma che diremo di quelle altre sale piene di armi di ogni sorte e di superbi trofei? Se tu fissi lo sguardo su quelle antiche figure da capo a piedi vestite di ferro e su quelle braccia in atto minaccioso, non sapresti decidere se stieno per iscagliare un mortal colpo sul capo a qualche barbaro Musulmano, ovvero se s'accingano alla difesa contro que' barbari d'altra fatta, che ad annientarle aspirano. Che se dopo un orrido tremuoto osservasi con certa sensazione penosa quegli uomini, che sotto le sue rovine conservano tuttavia l'ultima attitudine del loro ultimo pensiero, qual impressione far non dovranno le immagini di azioni vive ed illustri di que' medesimi uomini quivi raffigurati? E chi legger potrà quelle inscrizioni, che ricordano appunto le tante vittorie da loro ottenute senza sentirsi per mille guise commosso il cuore?… Utilissima previdenza sono que' canali coperti, entro cui si possono vantaggiosamente riattare i bastimenti disarmati, o tenerne in pronto alcuni altri per servizio dello Stato. I cantieri poi non solamente sono la cosa più mirabile, ma quella per cui l'Arsenale di Venezia più particolarmente si distingueva fra quanti hannovi al mondo. Son essi alcuni spazj di diversa grandezza, divisi fra loro da grossi pilastri ed arcate, e ricoperti ciascuno da un vasto tetto, per cui gronda la pioggia a dritta e a sinistra senza mai penetrarvi, talmentechè vi si possono fabbricare al coperto tutti i vascelli sino al punto di essere gettati nell'acqua. Quanti vantaggi non derivano da ciò, sia per la sollecitudine dei lavori, sia per lo risparmio degli operaj, sia per la conservazione de' materiali! Eppure contro essi appunto fieramente si scatena il sig. Forfait. E quanti discapiti non vi trova egli? In prima sono, egli dice, sì stretti che non si può lavorare liberamente intorno a' vascelli; sono sì bassi, che non si possono terminare le poppe; sono sì corti, che non vi si possono mettere gli sproni, nè lavorare il cassero; sono sì oscuri, che giammai la luce del giorno vi penetra, ed anche in un bel meriggio estivo conviene accendere le fiaccole, ed appiccare alle mure le torcie di corda impeciata. Secondo lui è dunque cosa evidente, che l'arte del falegname, di cui però i Veneziani vanno sì superbi, non può essere che male esercitata, nè può veruno de' suoi lavori avere solidità, precisione, eleganza. Simile discorso figlio dell'ignoranza, o della superbia, o dello sprezzo di quanto v'ha dell'antico, e forse di tutte queste cause insieme, persuase i direttori francesi delle costruzioni navali, che si distruggessero le volte di alcuni cantieri, ben certi che non vi potessero capire vascelli da guerra. Ma il nostro celebre ingegnere Salvini mettendo all'acqua un suo vascello lavorato al coperto, pari in ogni sua parte a quelli da loro lavorati in luogo scoperto, mostrò col fatto ch'essi avevano il torto. Migliaia di persone ne furono testimonio, non che tutte le autorità costituite di quel tempo, appositamente concorse per vedere quella nobile gara. Ogni cuor Veneziano balzò dalla gioja, e da ogni bocca uscirono viva sonori. Somma infatti fu la gloria acquistata anche in questa, come in tante altre occasioni, dal sig. Salvini, che sì bene sostenta tuttavia la fama della nostra marina, la quale fino a questi ultimi tempi gareggiar ci fece colla nazione fatta signora di tutti i mari, con quella nazione che seppe ammirar i vantaggi del nostro Arsenale, e che adesso prova un misto di compassione e di rabbia, veggendo scomparse tante ricchezze utilissime, e dall'altrui fatale presunzione deformati i cantieri più belli. A questa singolar perdita un'altra se ne aggiunge ancora più crudele. Serbava l'Arsenale una copiosa serie di cannoni d'ogni specie, cominciando dalla loro origine, quando si usavano di cuojo, e discendendo a tempi più bassi, quando il ferro ed il bronzo parvero materie unicamente opportune per sì micidiali stromenti. Scorgevasi in essa la diversità delle fusioni, la molteplicità delle forme. Gli uni rappresentavano colonne lisce o striate con capitelli di tutti gli ordini; altri figuravano serpenti o basilischi, ed altri lunghi animali; tutti di ottimo disegno e con magnifici ornamenti. I Veneziani li conservavano per vanto, e ne avevano somma cura, come quelli che alla storia ed erudizione militare giovavano, e che insieme erano parlanti testimonj delle nostre vittorie. L'avidità e l'invidia fecero che andassero alla fonderìa o alla vendita, e del tutto sparisse anche un sì prezioso museo.

Oltre tutto ciò che spetta al materiale dell'edificio sarebbe cosa veramente interessante il presentar sott'occhi il bell'ordine, i savj istituti, la retta giustizia, e le tante discipline economiche con cui al tempo della Repubblica reggevasi l'interna sua amministrazione; ma troppo a lungo ci porterebbe un minuto dettaglio. E nemmen troppo ci fermeremo sul parlare di quelle scuole erette nel grembo stesso dell'Arsenale, ed animate da regie largizioni e da premi, ove non solo insegnavansi le matematiche, l'architettura navale e civile, la nautica e il disegno, ma altresì l'Idrodinamica sommamente utile pcl governo delle nostre lagune e de' lidi, le lingue francese e inglese, opportunissime per l'intelligenza de' migliori libri dell'arte; e finalmente la rurale economia e la storia naturale, a cui sì caldamente è affidata la preservazione de' boschi, uno de' primarj elementi dell'immensa officina. Quanto i boschi stessero a cuore all'antico Governo, il dimostrò l'avere unita la loro azienda alla marina, anzichè alla finanza, come altrove costumasi. In fatti l'amministrazione di questa non ha di mira che il risparmio del tesoro pubblico, il danaro contante, gli oggetti presenti e visibili. Quella della marina al contrario spinge più in là le sue mire, ed invigila al futuro incremento de' boschi, mercè delle nuove piantagioni e delle semine. Quindi è, che nè anche la caustica penna del signor Forfait potè astenersi dal confessare, che «i boschi de' Veneziani sono i più belli di quanti mai si possono vedere altrove, aggiungendo, che la vera cagione di ciò è, perchè la legislazione che li riguarda, essendo conforme alla giusta politica ed alla sana ragione, e fondata sopra una saggia combinazione d'interessi, dovea necessariamente avere, com'ebbe di fatto, i più felici risultamenti.» Tra noi egli è certo, che non si voleva gruppo di alberi negletto, non pezzo di terreno ozioso. Si volevano instrutti gli alunni intorno al tempo di recidere il legname, intorno al modo di acconciarlo e di separarlo a norma de' differenti usi; si voleva infine che ognuno fosse buon conoscitore di tutti gli stati, pe' quali passa un albero dal momento in cui si consegna tenerello alla terra, sino a quello in cui assoggettasi al tormento dell'ascia e de' martelli. Sommi rigori si praticavano nella scelta degl'inspettori de' boschi. La loro nomina era appoggiata alle Accademie agrarie dello Stato, e la elezione spettava al Senato congiunto al reggimento dell'Arsenale. Ma per meritare tal posto non bastava molta estensione di lumi; ci volevano benemerenza di servigi, e soprattutto testimonianza d'incolpabile condotta; giacchè l'immoralità, là dove s'insinua, guasta ed avvelena il germe di tutte le ottime instituzioni. Quindi è che il requisito della probità era uno de' maggiori, che si esigesse dalla pubblica vigilanza in qualunque impiego, nè certo senza esso poteva veruno nutrir lusinga di diventare inspettore ai boschi, nè capo architetto, ed ancora meno ammiraglio dell'Arsenale.

Or chi potrebbe mai, avendo di questo stabilimento parlato, passare sotto silenzio la tenerezza veramente filiale, e il focoso entusiasmo verso la Veneta Repubblica di più di tre mila uomini all'Arsenale addetti, che per ciò erano giunti a meritarsi il glorioso titolo di sua prediletta famiglia? Il primo sentimento che da cuore a cuore, da generazione a generazione passava e discendeva, era questo illimitato amore per la Repubblica, nè con altro nome sapevano i buoni Arsenalotti chiamarla che con quello di nostra benedetta Mare. Era dolce cosa il trovarsi presente al mattutino aprirsi delle officine, ed al chiuderle della sera, e l'udire quelle spontanee grida di Viva san Marco, che proprio scappavano dal cuore, e che ripetute venivano dal balbettante labbro de' teneri fanciullini. Questa reciproca affezione aveva, dirò così, tra il Governo e gli Arsenalotti introdotta, stabilita e perpetuata una certa gara di fiducia, per cui non sapevasi discernere, se fosse più soave il comando degli uni, o più pronta e giuliva l'obbedienza degli altri. Ed il titolo di Patroni che portavano i Governatori dell'Arsenale, giammai meglio espresse, e con più verità la primitiva sua derivazione dalla voce Padre. Degli Arsenalotti la Repubblica si valeva per provvedere i vascelli da guerra d'industri artefici, i quali potessero viaggiare, e riparare ai disordini prodotti dalle fortune di mare, e soccorrere ai bisogni dei cantieri nella Dalmazia e nel Levante. Ad essi affidata era la custodia di tutti i luoghi della città più ragguardevoli e più gelosi. Allorchè i Patrizj si raccoglievano nel Maggior Consiglio, era una porzione di questa famiglia, che forniva di guardie il palazzo. Questo palazzo stesso era interamente posto in loro balìa all'occasione di un interregno. Un drappello di loro custodiva, durante la notte, la pubblica piazza, il tesoro di S. Marco, e que' due gran serbatoj della nazionale ricchezza, il Banco giro e la Zecca. L'Arsenale stesso, fondamento primario della nostra potenza marittima, della nostra grandezza, della nostra gloria, era consegnato alla loro fede. Ducento fra essi giravano tutta la notte e dentro e fuori delle sue mura; e benchè non dovesse cader ombra di trascuraggine in loro, pure venivano preseduti da uno de' primi architetti, e sopra tutto da uno de' tre Governatori dell'Arsenale, che nel suo mese di guardia non abbandonava pure un momento il geloso ricinto. Questa somma vigilanza era tanto più necessaria, quanto che ogni soccorso in caso d'incendio non solamente nell'Arsenale, ma nella città tutta, dai soli Arsenalotti traevasi. Ad un tocco di campana a martello accorreva tosto il Patron di guardia colla sua numerosa comitiva. L'ammiraglio, ovvero il più anziano fra gli architetti, assumeva il comando. Le trombe stabilite ne' differenti quartieri della città, da essi soli si maneggiavano; essi soli abbattevano quelle parti degli edifizj, che parea necessario di distruggere per togliere la comunicazione con quelle già attaccate dal fuoco. La maggiore armonia regnava sempre fra il comando e l'esecuzione; tutto era ordine, tutto era animato dal più spontaneo fervore. Si videro in fatti in sì terribili incontri prove di coraggio e di zelo da non potersi lodare abbastanza, nè abbastanza ridire. In ricompensa di tanto amore e di sì importanti servigi, godevano privilegi distinti. I loro figli arrivati all'età di dieci anni inscrivevansi ne' pubblici ruoli dell'Arsenale, siccome figli legittimi di quella casa, e cominciavano sin d'allora a trarre una paga. Educati ch'erano, destinavansi a que' servigj che pareano più acconci alle loro cognizioni e capacità. Fatti vecchi e inabili godevano d'una pensione proporzionata all'impiego esercitato in gioventù. Per loro gloria, ad ogni elezione di Doge, spettava ad essi lo scortarlo, allorchè pomposamente si recava a prendere il possesso del trono. Essi inoltre avevano il privilegio onorifico, e di cui tanto andavano fastosi, come altrove abbiamo detto, di condurre il Doge nel dì dell'Ascensione ai suoi misteriosi sponsali col mare; ed il Doge dal canto suo ricompensava in modo insolito la loro straordinaria fatica, trattenendoli quel giorno a pranzo nel suo palazzo. In una delle sale si apprestavano le tavole, ornate sì, ma semplici, ove le vivande e il vino erano in copia. I membri della famiglia Ducale sopraintendevano perchè nulla mancassevi, e compiacevansi di prestare ai buoni convitati ogni cordiale attenzione. A ciascuno di essi inviava il Doge un dono di quattro fiaschi di moscato greco, una scatola di confettura fregiata col suo stemma, ed un'altra piena di droghe; costume derivato sin da que' tempi ne' quali i soli Veneziani facevano il traffico di tal merce, ed aggiungeva a tutto ciò una moneta d'argento. Bizzarra costumanza era quella di permettere, ch'essi portassero con seco tutti gli utensili della tavola, vale a dire bicchieri, piatti, tovagliuoli e possate, ma veniva ad essi severamente proibito di fare la loro favorita acclamazione Viva san Marco. La decenza del luogo esige spesso il sacrifizio del cuore. Così questi buoni artigiani se ne partivano contenti ed allegri, sentendo nel loro interno questa gran verità che l'amore sincero ed il verace rispetto non tanto si appalesano con inchini ed acclamazioni, quanto con una perfetta sommissione alle leggi, e con una dedicazione spontanea ed intera di sè medesimi. Tutto ciò dal buon popolo Veneziano e dagli Arsenalotti specialmente, ci venne comprovato in tutti gl'incontri.

AL RITORNO IN VENEZIA DEL DOGE DOMENICO MICHIEL.

Spettacolo in vero commovente fu quello del ritorno a Venezia del Doge Domenico Michiel dopo una bella serie di gloriosi successi. Prima però di parlarne diasi un'occhiata ad un'epoca, di cui forse in tutta la storia del mondo non v'ha la più straordinaria ne' suoi principj, nè la più curiosa in tutto il suo progresso: ad un'epoca in cui guerre orrende insanguinarono tutta la faccia del globo dall'Egitto fino alla Livonia, dall'Irlanda fino all'Indostan; ad un'epoca in cui l'Europa intera parve divellersi da' fondamenti per rovesciarsi con tutto il suo peso sull'Asia, senza che tanta moltitudine di gente fosse a ciò forzata dalla voce imperiosa de' tiranni, ma puramente condotta dal fanatismo di una cieca obbedienza alla supposta volontà di Dio: epoca in cui ebbe luogo quell'assedio divenuto quasi famoso al paro di quello di Troja, non meno per le imprese operatevi, che per li sublimi versi del Tasso, da cui furono celebrate; epoca alfine che distrusse gli abusi del governo feudale, che fece svanire la rozzezza del gusto e dei costumi, naturale conseguenza di quello che mediante una catena di cause e di avvenimenti or più or meno apparenti, giovò a togliere per sempre la confusione, la barbarie e l'ignoranza, sostituendovi l'ordine, la civiltà, la coltura. Ognuno s'accorgerà di leggieri, che qui parlasi delle Crociate, o sia della spedizione de' Cristiani, diretta a strappare Terra Santa di mano agl'infedeli, dopo che per il lungo corso di sei secoli erasi sofferto di vedere una falsa religione adorata sopra quegli altari medesimi, in que' medesimi templi, e in quelle stesse contrade, ch'erano state consacrate dal divino autore della Religione Cristiana, unicamente vera.

Ogni classe di popolo accorse con ardore a questa grande impresa, ed un eguale entusiasmo destossi nei principi, che tenevano un posto importante nel sistema feudale; ma nessuno dei principali monarchi d'Europa entrò nella prima Crociata. Non l'imperatore Enrico IV, per non sentirsi disposto ad obbedire agli inviti del Papa; non Filippo I re di Francia distratto troppo dalla seduzione dei piaceri; non Guglielmo di Roux re d'Inghilterra, occupato della sua recente conquista; non il re di Spagna e Danimarca imbrogliati nelle guerre co' Mori; non i sovrani settentrionali di Scozia, di Svezia e di Polonia, a' quali interessavano poco gli affari de' popoli del mezzogiorno; non in fine lo stesso Papa, che quantunque successore dì quel Gregorio II, a cui apparteneva la cura di armar l'Europa contro l'Asia, ricusò di concorrere, allegando per motivo lo scisma della chiesa e i doveri del Pontificato. Nemmeno i Veneziani si mostrarono punto zelanti a sostenere questa pietosa impresa. Anzi la Santa Città di Gerusalemme era già stata riscattata dalle mani degl'infedeli, e Goffredo di Buglione n'era stato eletto re, prima ch'essi cominciassero in tal facenda a meschiarsi. Finalmente l'anno 1099, pensando meglio i Veneziani ai loro interessi, fornirono una flotta di ducento vele, la quale verso Rodi s'incontrò con quella de' Pisani. Una gara di preminenza occasionò tra loro una zuffa sì sanguinosa, che bastò a decidere per sempre della superiorità in favore de' Veneti, ed i Pisani mai più non pretesero di gareggiare con loro in altro che in fatto di belle arti. Questa flotta vincitrice entrò poscia nell'Arcipelago, s'impadronì di Smirne, e facilitò ai Crociati la conquista di Jaffa, che presero d'assalto nel medesimo anno 1099, ed in tal modo finì questa gloriosa campagna.

L'anno appresso i Veneziani contribuirono sommamente alla conquista di Tiberiade e di quasi tutta la Galilea. Vennero poscia sotto a Caffa, la strinsero per mare, mentre Goffredo operando di concerto dalla parte di terra, la costrinse ad arrendersi. L'ultima prova fu questa, che Goffredo diede del suo valore, e poco dopo morì. Baldovino I suo fratello s'impadronì della corona di Gerusalemme. I Veneziani non credendosi più necessarj, rientrarono nei loro porti. Ma gli affari della Soria non procedevano sotto Baldovino I con tanta prosperità come sotto Goffredo, talmentechè il nuovo principe fu astretto ad implorare da tutte le parti assistenza. L'ottenne prontamente dai Veneziani, e la loro squadra contribuì assai alla presa di Acri, di Sidone, di Berito. Baldovino grato a tanti benefizj, cedette ad essi un borgo di Acri, ov'ebbero permissione di stabilirsi, di tenervi i loro magistrati, e di governarsi secondo le loro leggi e costumi, godendovi inoltre di tutti li possibili privilegi del commercio e di tutte le franchigie. La flotta Veneta lieta per tanti vantaggi, ritornò a Venezia ove ricevette veraci contrassegni di generale approvazione.

Non assai tempo durò tal riposo. L'anno 1117 le cose de' Cristiani in Oriente erano a mal partito ridotte, e la Sorìa stava per ricadere in mano degl'infedeli. Quindi Baldovino risolse di spedire oratori a Venezia per implorare soccorsi novelli. A tal fine riconfermò non solo tutte le concessioni di prima, ma ne offerse anche di più ampie riguardo al commercio. Se non che mentre in Venezia si dibatteva su tal punto, giunsevi la notizia che Baldovino era stato fatto prigioniere e chiuso in un castello da' barbari. Simile sciagura avrebbe potuto rendere vani li maneggi degli oratori, ma i Veneziani ben sapendo calcolare i loro interessi, deliberarono di porre in ordine colla maggior prestezza una flotta; e più di cento vele comandate dal Doge Domenico Michiel ben presto uscirono dal porto.

La squadra andò prima in Dalmazia a rinforzarsi di legni e di marinaj. Un vento propizio in pochi dì la condusse dinanzi all'isola di Cipro. Di là passò a Jaffa, dove una flotta d'infedeli corseggiava a vista del porto. Parve al Doge essere quella l'occasione propizia di segnalare il proprio zelo e quello de' suoi. Tosto si sforzano le vele onde raggiungere il nemico, che d'altra parte si allestisce anch'egli all'attacco con risoluta fermezza. I Veneziani danno principio con lo scagliare una nube di giavellotti, e già orrenda carneficina di qua, di là comincia. Non si discerne più il valore dalla ferocia; il sangue corre a rivi, l'aria rimbomba dello strepito delle armi, del fracasso de' vascelli, dell'urto de' combattenti, del gemito de' feriti e de' moribondi. Molte ore durò l'azione; alla fine gl'infedeli infievoliti, semivivi, piombarono da ogni parte in mare, e vi subissarono insieme colle loro navi. Distrutta così l'armata nemica, e rimasti compiutamente vincitori i Veneziani, il Doge Michiel giudicò opportuno di condurre la flotta vincitrice nel porto di Jaffa per dare ristoro a' soldati, ed attendere intanto novella occasione di altre imprese.

Si recò poscia a Gerusalemme per concertare col Patriarca, e con quelli che tenevano il governo durante l'assenza di Baldovino, le operazioni da farsi. Egli vi fu accolto non solo con tutti quegli onori che gli erano dovuti, ma con quanti possono cader in mente ad un popolo ridotto all'estremo, e che attende la sua liberazione. Prima di nulla intraprendere volle il Doge che si segnassero in iscritto le promesse già fatte alla Repubblica, al che condiscesero di buon grado e il Patriarca e i Magnati, con grand'utile de' Veneziani: giacchè, è duopo il confessarlo, questi aveano sempre l'animo rivolto non solo a non gettare le spese de' loro armamenti, ma altresì a ritrarre il possibile vantaggio dai soccorsi, che ai loro alleati prestavano; ed in questa stessa guerra, in cui tutte le nazioni condotte da religioso entusiasmo s'impoverivano d'uomini e di danari, la sola Repubblica di Venezia dilatava il suo commercio, piantava stabilimenti, diveniva il magazzino dell'Europa e dell'Asia, e si poneva in istato d'assorbirne tutti i tesori.

Fatto e sottoscritto l'accordo, si deliberò di por mano all'assedio di qualche piazza importante; ma erano discordi i pareri dei Generali intorno alla scelta, e tal discordia produceva inazione. Il Michiel mal sofferendo un tal ritardo propose di commettere la decisione alla sorte. Questo destro espediente, sì acconcio in tempi d'ignoranza e di superstizione, ei lo credette il più sicuro e il più pronto per togliere soggetto di disputa e troncare le difficoltà. Di fatto la sua proposizione venne con trasporto accettata. Per rendere poi più solenne quest'atto politico, si decise che si cavassero le sorti nella chiesa

Patriarcale. Si venne dunque al tempio; vi si celebrò il santo Sacrifizio con pompa; e l'urna contenente tanti biglietti quante erano le città proposte per l'assedio, fu collocata sopra l'altare, e scelto un fanciullo per l'estrazione, volle il cieco destino porre nell'innocente mano Tiro.

Questo tratto della sorte fu preso per un augurio felice. E veramente il caso non poteva secondar meglio le mire de' Veneziani. V'hanno poche città celebri al pari di Tiro. Fondata da Agenore figlio di Belo, essa fu per lungo tempo la sede delle arti e del commercio. Le sue colonie si diffusero per tutta la costa dell'Africa, vi fondarono Utica e Cartagine, e sulla costa d'Europa innalzarono Cadice, non lungi dalle colonne di Ercole, che allora consideravansi come gli estremi confini del mondo. Bellissima era la sua posizione, e tutta la spiaggia circonvicina era deliziosa per la fertilità, per la squisitezza de' frutti, e sopra tutto per la dolcezza del clima, mentre e primavera e autunno colà regnavano a gara, portando insieme l'una i suoi fiori, l'altra i suoi frutti. Nè il soffio ardente de' venti meridionali che tutto fanno appassire e diseccano, nè il rigore dell'aquilone osò giammai togliere ivi ai giardini l'ornamento dei loro vivi colori. Lungo spiaggia sì ridente la citta di Tiro s'innalza. Se una simile città avea meritato, che altre volte Alessandro il Grande la riguardasse come una delle sue più preziose conquiste, non è a stupirsi, che i Veneziani facessero ogni sforzo per riscattarla dalle mani del Califfo d'Egitto, che ne possedeva una parte, e da quella del Soldano di Damasco che ne occupava il resto.

Se ne prepara dunque immediatamente l'assalto. Le truppe di Gerusalemme la circondano dalla parte di terra, ed intanto la flotta Veneta s'incammina ad attaccarla dalla parte del mare. La città di Tiro non era accessibile alle truppe terrestri che dal lato di Oriente, mediante un istmo angustissimo, ed anche difeso da forti muraglie e da elevate torri, cui ricingea una fossa profonda e larghissima. A settentrione, a mezzodì e a ponente l'attorniavano vasti scogli a fior d'acqua, ed inoltre fortificavala un doppio giro di muro. Il suo porto era difeso da due immense torri, che ne proibivan l'ingresso. Ed oltre a tutto ciò numerosa guarnigione, molto agguerrita la custodiva di dentro, che dovea per lo meno far temere agli assalitori di aver a spendere molto tempo, e a sostenere lunghe fatiche prima di poter ottenere il sospirato successo.

Ad onta di tante difficoltà insieme accoppiate, cominciò dall'una parte e dall'altra l'attacco; ma lente erano le operazioni a motivo del numero e della natura degli ostacoli da superarsi. I tentativi furon molti, ma sempre vani, e dopo tre mesi non si vide più avanzamento di prima. I Veneziani, avvezzi a prendere quasi sempre le città al primo tratto, cominciarono a mostrarsi svogliati e stanchi, nè vi volea meno che la grande fermezza del Doge per tenere a freno l'armata, ed impedire la diserzione. Per colmo di sfortuna si divulgò la voce, che il Soldano di Damasco ragunava un forte esercito per correre in ajuto de' Tirj; e tanto bastò perchè il campo di terra fosse messo a rumore; giacchè i soldati prevedevano, che se tale esercito giungeva, tutto il fuoco della guerra si sarebbe rivolto contro essi, mentre i Veneziani, rimanendo sempre aperto il mare, potevano in caso di qualche sinistro ritirarsi. A chiare note aggiungevano, che se questi Repubblicani doveano essere fatti partecipi degli utili delle conquiste, era giusto che ne incontrassero anche i pericoli; che le condizioni insin allora non erano state pari, poichè gli uni rimanevano esposti a tutti i rischi, e gli altri vivevano in piena sicurezza.

Giunsero tali mormorii all'orecchio del Doge Michiel, ed ei ne rimase grandemente offeso, e a buon diritto, poichè era uomo franco, leale, generoso, esatto mantenitore delle promesse, incapace della più piccola viltà, e che avea in conto di sanguinosa ingiuria ogni ombra di sospetto, che altri osasse spargere contro l'equità dei suoi sentimenti. Egli adunque studiò il modo di poter convincere la moltitudine delle sue rette intenzioni, contrarie affatto ai loro manifesti timori Gli nacque un pensiero non poco ardito, che tosto volle eseguire.

Le galee Veneziane stavan sull'ancora. Egli le fece sguernire di timoni, di alberi, di vele, di tutti insomma gli attrezzi navali; ne caricò il dorso de' suoi marinaj, e sceso a terra con essi, comparve al campo alla testa di sì impensato convoglio. Ivi con quel tuono franco che nasce da un vero sentimento di onore e da una pura coscienza, parlò all'armata, che attonita il guardava. Le fece comprendere, che i Veneziani non sapevano che fosse viltà o tradimento; ch'essi bensì erano sempre fedeli ai loro impegni anche in mezzo ai più tremendi pericoli; che ad ogni modo non volendo soffrir più lungamente di essere sospettati rei, erano venuti a depositare nelle mani di essi il pegno della loro fedeltà e della loro risoluzione. Fece allora schierare alla comune vista tutti gl'istrumenti, senza de' quali ogn'idea di partenza rendevasi vana. Ordinò ai soldati di Baldovino d'esserne i depositarj, indi soggiunse: «Ecco che adesso il nostro rischio è ancor più grande del vostro; voi non avete a temere che il ferro del nemico, noi il furore di tutti i venti; voi potete fuggire, per noi è tolto ogni scampo.»

Questa condotta veramente eroica del Doge riempì di stupore e di ammirazione l'esercito. I Generali. fecero sommi encomj al suo coraggio, alla sua intrepidezza, nè vollero per nessun patto permettere, che tanti bravi guerrieri ed un sì gran numero di vascelli restassero esposti a perire ad ogni picciol soffio di vento; e rivolti al Doge il pregarono a voler disprezzare le ciarle d'una turba ignorante, a viver sicuro della loro piena fiducia, ed a ripigliare tutti i suoi attrezzi marittimi. Egli, trovandosi con ciò interamente soddisfatto, si congedò, e ritornato alla sua flotta la fece tosto riordinare per ricominciar subito i concertati attacchi con più vivacità e ardore di prima.

Veramente ciò che diede l'ultima mano alla presa di Tiro, dopo cinque mesi di assedio, fu per quanto dicesi, lo stratagemma di alcune lettere intercettate che venivano recate da una colomba. Nè v'è in ciò meraviglia, mentre è già noto l'antico uso ch'eravi in Sorìa, di avere speditamente avvisi da luoghi lontani col mezzo delle colombe. Che che ne sia, le truppe di Baldovino, non men che le Veneziane, entrarono nella città, e vi spiegarono sulle torri le loro rispettive bandiere. Il trattato già conchiuso fra le due nazioni venne esattamente osservato, ed il Doge prese possesso d'un terzo della città. Lo stesso venne in Ascalona, che poco appresso si arrese.

Il re Baldovino che frattanto ottenuta avea la sua libertà, pagando però il riscatto, quando rientrò in Gerusalemme ed udì la convenzione seguita tra' suoi agenti e la Repubblica, l'approvò e la confermò con un atto solenne, cioè vi pose il suo regale suggello. Inoltre dicesi, che in riconoscenza de' servigi prestatigli dai Veneziani volesse, che qualunque volta il Doge di Venezia recato si fosse a Gerusalemme, avesse a ricevere quegli stessi onori, che si tributavano a lui stesso.

Tutti questi vantaggi farono il motivo, che destò contro i Veneziani le gelosie ed i sospetti dell'imperatore Carlogiani, che regnava a Costantinopoli dopo la morte di Alessio. Egli senz'altri riguardi comandò, che quanti vascelli Veneziani s'incontrassero nei mari della Grecia, fossero attaccati, e fece chiuder loro tutti i porti dell'Arcipelago. Quest'era veramente un ricambiar male assai i beneficj, che la Repubblica recati avea ad Alessio suo padre; ma non è da stupirne, essendo cosa rara che un privato ed ancora meno un principe riponga la gratitudine nel numero de' propri doveri, e chi ha la forza in mano preferisce agevolmente il suo interesse a ciascun altro riguardo. In quanto a Carlogiani ei non seppe abbastanza conoscere, che una monarchia sì vacillante come la sua, non poteva procurare ai suoi stati che una debole protezione. In fatti appena il Doge Michiel si presentò davanti la città di Rodi colla sua squadra, e si vide dai Rodiani negato l'ingresso, poco ebbe a sudare per farsi padrone della piazza. Onde prendere vendetta dell'ingiuria la lasciò in preda all'ingordigia de' suoi soldati; ma prima ebbe cura di sottrarre al loro furore tutti i monumenti che potevano un giorno ornar la sua patria; e li fece trasportare su i vascelli. Sì pregevol bottino era degno di lui. Rodi, come ognun sa, fu celebre non meno per le sue saggie leggi sopra il commercio che per i suoi poeti, pe' suoi pittori e per li suoi gran monumenti. Se quest'avventurata città ebbe l'onore, che seguisse in essa l'incontro di quei due illustri romani Cicerone e Pompeo, la disonorò alquanto il soggiorno che vi fece Tiberio. Li persiani se ne resero padroni sotto il regno di Onorio; poscia fu presa dai Generali dei Califfi nell'anno 647 di nostra salute; ricuperata da Anastasio imperatore di Oriente, venne indi sottommessa nel 1124 da Domenico Michiel.

Da di là si mise egli a percorrere le isole di Scio, di Samo, di Paro, d'Andro, di Lesbo, tutte in somma le Cicladi, e vi ebbe grande prosperità. Malgrado però tanta gloria e sì grandi vantaggi, il Michiel trovossi sul punto di perdere il frutto delle sue imprese, perchè gli mancò al maggior uopo il danaro onde pagare le truppe; quindi e soldati e marinaj si diedero, secondo il solito in simili casi, a mormorare del loro capo. Per prevenire gli effetti funesti di tale ammutinamento egli mandò in giro una moneta di cuojo, su cui fece improntare il suo nome, e ordinò a tutti i provvigionieri dell'armata di riceverla, promettendo sul suo onore di rimborsarli in contanti tosto che fosse giunto in Venezia. La fiducia che aveva in tutti inspirato la di lui pubblica e privata condotta e la sua alta riputazione, non permisero che alcuno dubitasse della sicurezza del pegno ch'ei presentava, e gli venne pienamente accordato quanto egli ricercava. È inutile il dire che mantenne esattamente la sua parola. Egli è in memoria di questo fatto sì utile e singolare, che si aggiunse in uno dei quadrati del suo stemma gentilizio la rappresentazione di alcune monete.

Dopo ch'egli ebbe attraversato tutto l'Arcipelago, determinò di ritornarsene a Venezia. Passando lungo le coste della Morea, conquistò Modone, e postavi guarnigione andò a riposare in Sicilia. Li primati del regno ed il popolo stesso, non sì tosto seppero il suo arrivo, gli corsero incontro, ed accesi da un vivo entusiasmo pe' suoi luminosi meriti, gli offrirono il diadema regale, pregandolo di renderli felici coll'accettarlo. Benchè l'offerta fosse assai lusinghiera, pure egli la ricusò, giacchè un vero Repubblicano, un Veneziano non potea sentir altra ambizione che quella di essere cittadino di una patria sì giustamente ammirata. Infine dopo aver empiuta tutta la spiaggia marittima dalla Siria sino all'Adriatico del nome Veneziano, pose il colmo alla sua gloria rientrando l'anno 1125 nel porto di Venezia senza aver perduto un solo vascello.

Grandi erano in patria li preparativi per riceverlo colla pompa dovuta ad un sì grande trionfatore, ma egli ricusò per sè stesso qualunque onore. Ad ogni modo al giunger suo accorse la città tutta per vedere un eroe, che avea tanto accresciuto il lustro della Repubblica. Ma quanto non si raddoppiò la sorpresa e la gioja del popolo, quando vide schierarsi sul lido li rari e magnifici monumenti e il gran numero di preziosi marmi di ogni specie ch'egli recato avea di Grecia? Soprattutto non rifinivasi mai d'ammirare quelle sterminate colonne di granito, che tuttavia si veggono sopra la piazzetta di san Marco. Fors'è per esse che la sua famiglia acquistò il soprannome di Michiel dalle Colonne, piuttosto che per quelle che sostengono la facciata del suo palazzo, nel quale anche ai dì nostri si contempla lo stendardo di questo Doge, su cui è tracciata una croce, distintivo di tutti quelli che concorrevano alle famose Crociate. Un sì antico monumento di gloria venne collocato in una sala, in mezzo ad alcuni trofei d'istrumenti navali e guerrieri da un discendente di quest'eroe, che privo essendo di prole maschile, a cui lasciar in un col suo nome anche le sue ricchezze, ed un sì illustre retaggio, avea formato il pensiero generoso e patriottico di farne un dono alla Madre-Patria, trasportandolo all'Arsenale, di cui egli era stato uno de' Governatori assai rispettato ed amato, e dove intendea di consacrare una sala pomposamente fregiata de' più preziosi attrezzi marittimi e militari, che ricordassero ai Veneziani uno dei fasti gloriosi della loro storia. Ma questo figlio infiammato da sentimenti sì nobili, ebbe la sventura di non poter effettuare le sue cittadinesche idee essendo sopravvissuto alla Madre comune.

Ritornando alla storia del Doge Domenico Michiel, di cui abbiamo interrotto il racconto con una digressione che soddisfacendo il mio cuore, chiede indulgenza a' miei lettori, dirò dunque che siccome in lui la pietà superava ogni altro sentimento, così più che tutte le preziose cose acquistate, specialmente rallegrava il suo cuore l'aver potuto trar dalle mani degl'infedeli, e recar con sè a Venezia il corpo di sant'Isidoro. Si accordano gli storici tutti nel celebrare la sua somma pietà, e bench'egli in petto annidasse tutta la forza del valore e gli spiriti più elevati, pure il suo cuore era semplice, e la sua credenza a un dipresso eguale a quella di tutti gli altri suoi contemporanei. Egli non tolle por piede a terra, se prima non fosse tutto allestito per accogliere col dovuto decoro questa santa reliquia. Si raccolse in fatti sul Lido dove sbarcar dovea, la Signoria, il Senato e tutto il Clero. Allorchè ogni cosa fu in ordine, il Doge scese dalla sua nave vestito con grande magnificenza, e seguìto da tutto il suo equipaggio si pose alla testa di una processione non solo numerosissima, ma sommamente divota. In tal modo fu trasportato a terra il corpo di sant'Isidoro, il quale venne riposto nella chiesa di san Marco; ed anche al dì d'oggi ivi esiste la Cappella a lui intitolata, ove vedesi scolpita la storia di tal trasporto, non che questa festa e questa grande processione, che porse uno spettacolo assai commovente, mercè del concopso di tutto il popolo attiratovi dal concerto di sentimenti i più vivi, quali sono della pietà, della gratitudine e dell'ammirazione. Da quel momento si decretò, che il giorno di sant'Isidoro sarebbe Festa di palazzo, e che il Doge col suo augusto corteggio si porterebbe ogni anno ad assistere ad una messa solenne, ciò che sempre si fece.

Poscia la Repubblica volle eternare in altro modo aucora le geste gloriose di uno de' suoi prediletti figli, e a tal fine le fece dipingere in alcune Tavole, che veggonsi ancora oggidì nella sala già detta dello Scrutinio, perchè ad onta di tutti gl'incendj avvenuti nel pubblico palazzo, parea che il Governo si facesse un dovere di ristabilire sempre gli stessi monumenti come contrassegni pubblici della gloria dei privati. Vedesi in una la battaglia del Doge Domenico Michiel e la vittoria da lui ottenuta sul Califfo d'Egitto. In un'altra è rappresentato il suo famoso assedio di Tiro. E perchè questa saggia Repubblica non contentavasi del valor militare, ma voleva insieme che i suoi Generali nodrissero la più rigida morale ed uno spirito affatto cittadino, così per dare un esempio di queste qualità insieme associate, aggiuntavi l'altra virtù sì necessaria ne' governi Repubblicani, della moderazione, fece dipingere nella stessa sala il Doge Domenico Michiel in atto di ricusare l'offerta sovranità della Sicilia.

A questo modo i Magistrati della Repubblica di Venezia facendo delle belle arti l'uso più nobile e più degno, se ne servivano non meno per ricompensare che per istruire. Più saggi in ciò degli antichi che si ristringevano ad innalzar delle statue, monumenti che finivano col condurre gli animi ad una specie d'idolatria verso le persone, anzichè ad un giusto entusiasmo per le azioni, e che non aveano, come i nostri, il vantaggio di diffondere i semi della morale, porgendo insieme col testimonio della pubblica riconoscenza anche il precetto e l'esempio colla rappresentazione di fatti gloriosi ed atti a sublimare la fierezza Repubblicana.

DI COSTANTINOPOLI.

Vedemmo già come le guerre dei Crociati avessero per oggetto la liberazione di Gerusalemme; ora vedremo come allo spirito di Enrico Dandolo la liberazione di Gerusalemme servisse di pretesto per conquistare l'impero di Costantinopoli, e verremo con ciò a parlare di un'impresa felice che capovolse un grand'impero, e decidendo della fortuna di due grandi nazioni, portò la potenza Veneziana al più alto grado di splendore a cui siasi giammai innalzata.

Non puossi proferire il nome di Enrico Dandolo, che fu il promotore ed il capo di questa grande conquista, senza che si desti ne' cuori de' veri Veneziani un nobile orgoglio di averlo avuto per concittadino. Dotato di uno spirito elevato, ne concepì tosto il disegno, e lo diresse con sano giudizio e con sagacità infallibile. Seppe preveder da lungi gli avvenimenti, far nascere destramente le circostanze, prevalersi del bisogno che delle sue forze altri aveva, col far occultamente concorrere al maggior vantaggio della sua patria tutti gli stranieri interessi. Niuno meglio di lui conobbe quelli di Venezia, niuno li sostenne e difese con più energia, con più intelligenza, con più ardore e con più disinteresse personale. Comandante della flotta, spiccò per tutte quelle virtù che costituiscono la gloria di un capo; vigilante senza inquietudine, giusto senz'asprezza, esatto senza rigore, buono senza debolezza. Tale era il Dandolo, e ben meritava il fregio del diadema Ducale che gli fu conferito solo dopo gli anni 80, e quando la sua vista era al sommo indebolita per lo tradimento dell'imperatore Emanuele, che mentre egli stava ambasciatore alla sua corte, avea tentato di bruciargli gli occhi con un riverbero. A tale difetto suppliva però largamente la magnanimità e l'altezza dell'animo suo, come da ciò che diremo si potrà rilevare.

Verso la fine del duodecimo secolo gli affari de' Cristiani andavano alla peggio nell'Asia. Li Turchi avean loro distrutti degli interi eserciti; Gerusalemme era presa, e Lusignano che vi comandava rimasto era prigioniere: non v'avea insegna cristiana in quasi più alcuna delle provincie della Siria. La serie di tante disgrazie riaccese più che mai in tutto l'Occidente l'antico ardore delle Crociate. A quel tempo Costantinopoli era il teatro delle più tragiche catastrofi. Il voluttuoso riposo dell'imperator Isaaco era già stato di frequente turbato da sollevazioni e da congiure secrete; poscia egli stesso caduto era nelle trame di un fratello, che dominato dall'ingorda sete di regnare, la quale conduce al delitto e all'atrocità, aveva per acquistare il precario possesso di un trono vacillante, postergati tutti li sentimenti di natura, di dovere e fedeltà. Mentre Isaaco stava trattenendosi colla caccia nelle valli della Tracia, Alessio di lui fratello si rivestì della porpora fra le acclamazioni di tutto l'esercito; e la capitale ed il clero applaudirono a questa scelta. Isaaco non seppe la sua caduta, che allora quando si vide inseguito dalle sue guardie. Fuggì solo senza risorse in Macedonia; ma nemmen colà giunse ad evitare un più sciagurato destino: perciocchè venne arrestato e condotto in Costantinopoli, dove gli furono cavati gli occhi, indi gettato in una solitaria torre, e tenuto in vita a solo pane ed acqua per suo maggiore tormento. Il di lui figlio Alessio suo successore naturale all'impero, ebbe la sorte di fuggire. Vestito da semplice marinajo andò a ricoverarsi su un bastimento mercantile Veneto, che lo sbarcò in Sicilia. L'altro Alessio si sostenne nell'usurpato trono colla forza delle sue violenze, e per sett'anni stette godendo il buon esito de' suoi misfatti.

Un tal ordine di cose offriva ai cristiani sempre maggiori pericoli pel loro passaggio; altri pure ne esistevano dalla parte della Germania e della Ungheria. I soli Veneziani potevano offrire ai Crociati i mezzi necessarj per un passaggio sicuro e pronto nel Levante; talmentechè questi unanimemente determinaronsi a spedire oratori a Venezia per ottenere il desiderato effetto. Vennero accolti favorevolmente; si segnarono le condizioni preliminari, ed i Veneziani adempirono ben presto i loro impegni. Ma al momento di affidare ai Crociati la flotta convenuta, questi si trovarono nell'impossibilità di sborsare la somma promessa di ottantacinque mila marche d'argento. I Veneziani già preveduta aveano assai prima quest'impossibilità, ma non pertanto non avevano rallentate le loro operazioni, anzi l'apparecchio fu maggiore di quanto erasi stabilito, perchè, destri com'erano, miravano ad interessi maggiori, e principalmente al partaggio delle conquiste che prevedevano potersi fare. Intanto il Doge propose un accomodamento, che riuscire poteva utile ad entrambe le parti. Quest'era, che a' Crociati ajutassero i Veneziani a toglier Zara, capitale della Dalmazia, dalle mani del re d'Ungheria che custodivala con somma vigilanza; e dal canto suo egli prometteva che la Repubblica grata a questo servigio, avrebbe accordato ai Crociati tutto il tempo necessario a saldare il loro debito; anzi consentirebbe che l'intero pagamento si dilazionasse sino al ritorno dalla Terra Santa. Questa proposizione offriva tutte le apparenze di un vantaggio reciproco; nondimeno insorsero alcune difficoltà, che a quei tempi erano d'un gran peso. Una bolla del Papa formalmente portava la scomunica a tutti quelli che prendessero l'armi contro un principe cristiano, qual ch'egli si fosse. Il Dandolo, da uomo del più gran senno, combattè con forza e distrusse gli scrupoli de' Crociati, facendo conoscere che allora trattavasi di ricuperare i possessi proprj, e di ricondurre all'obbedienza sudditi ribelli; al che il Papa non avea diritto di opporsi. Egli infine seppe condurre gli spiriti deboli al termine a cui voleva, cioè all'intera esecuzione de' suoi disegni. L'assedio di Zara fu deciso, e poco passò ch'essa fu costretta ad arrendersi.

Tale conquista non fu per il Dandolo che il principio di altre più importanti e più utili. In tale speranza propose egli di svernare in Dalmazia, sotto pretesto di aver così il tempo neccessario per meglio apparecchiarsi alla conquista dei luoghi sacri. Si trovò giusta la proposizione, perchè nessuno penetrò le di lui vere intenzioni; ma egli era ben sicuro di ricever presto nuove del giovine Alessio. Questo principe, contando assai sull'equità e sull'umanità del Papa, erasi a lui rivolto per ottenere soccorso, ma non ne aveva avuto che semplici parole di consolazione. In appresso come seppe l'arrivo in Venezia dei Crociati, quivi recossi sperando di meglio riuscire presso di loro; ma que' principi, unicamente intenti alla spedizione di Terra Santa, lo consigliarono a portarsi dall'imperatore Filippo, che avea per moglie Irene sua sorella. Alessio, nulla avendo di meglio da sperare, andò in Germania; ma Filippo, che aveva in Ottone un competitore da temersi, nessun soccorso poteva dar sul momento; il più che potè fare per il cognato, si fu di consigliarlo a ritornarsene presso i Crociati che si trovavano allora in Zara, e di offrire tutto ad essi per poter da loro qualche cosa ottenere. Vi aggiunse per altro una sola lettera commendatizia al Doge di Venezia, in cui erano esposte le vantaggiose proposizioni di Alessio di sua propria mano sottoscritte. Prometteva egli per se' e per suo padre, che, tosto che avessero ricuperato il trono di Costantinopoli, cessar farebbesi il lungo scisma de' Greci, e si sottometterebbero essi ed i loro sudditi alla Chiesa Romana. Impegnavasi inoltre di ricompensare le fatiche ed i servigj dei Crociati col pagamento immediato di ducento mila marche d'argento; di seguire i pellegrini in Egitto, oppure dove più fosse loro piaciuto; di mantenere per un anno a sue spese dieci mila uomini, e durante tutta la sua vita cinque cavalieri pel servigio di Terra Santa.

Niente di meglio aspettare potevasi il Doge, la cui eloquenza fece determinar la spedizione in favore del principe. Ma al momento della partenza non si trovarono più che Veneti e Francesi; tutti gli altri Crociati, più intimoriti dagli scrupoli, dai pregiudizj e dalla loro timida coscienza, che animati dall'umanità e dalla giustizia, ricusarono d'imbarcarsi.

La navigazione fu felice, e la flotta trovossi in breve sì vicina a Costantinopoli, da poter contemplare con vera ammirazione la capitale dell'Oriente, che anzi sembrava piuttosto quella del mondo intero, innalzandosi essa sulle sue colline, e dominando il continente dell'Europa e dell'Asia. I raggi del sole indoravano i tetti de' templi e de' palagi, e si riflettevano sulla superficie delle acque. Le mura formicolavano di soldati e di spettatori. Tanta moltitudine di gente valse per un momento ad indebolire il coraggio de' Crociati, molto più considerando, che dalla nascita del mondo non erasi giammai osato tentare un'impresa sì perigliosa. Ma l'eloquenza del Dandolo seppe rianimar il valore e le speranze in tutti i cuori, ed ognuno gettando gli occhi sulla propria spada o sulla lancia giurò di vincere o di morire gloriosamente.

Prima però di nulla intraprendere, si deliberò di spedire Ambasciatori all'usurpatore Alessio, intimandogli di rimettere la città e lo scettro a Isaaco ed al giovane Alessio, che n'erano i padroni legittimi. Il tiranno non solo ricusò di arrendersi, ma minacciò persin della vita gli stessi Ambasciatori. Tal rifiuto fece risolvere li Crociati a non più dilazionare l'attacco della città. Sì bene corrispose la riuscita, che ben presto i Greci furono ridotti alla disperazione. Si sollevarono essi contro l'usurpatore, il quale potè a stento fuggire ricovrandosi in Tracia, e non lasciando di sè altro vestigio che un ricco stendardo, per cui i Latini poterono poscia conoscere, che combattuto avevano contro un Imperatore. Il popolo allora corre alle carceri, ove sta rinchiuso il vecchio, il cieco, lo sventurato Isaaco, spezza le sue catene, lo ristabilisce sul trono, prostrasi a' suoi piedi senza ch'egli discerner possa l'omaggio vero dalla gioja simulata.

I Crociati ricevettero deputati dal legittimo Imperatore, che rimesso ne' suoi diritti era impaziente di abbracciare suo figlio, e di ricompensare i suoi generosi liberatori. Ma questi liberatori generosi non erano però disposti a rilasciare il loro ostaggio prima della ratifica del trattato già conchiuso col giovane Alessio. A tale oggetto si scelsero quattro deputati coll'apparente pretesto di felicitare l'Imperatore. Al loro arrivo le porte della città vennero aperte, una doppia fila di soldati faceva ala in ogni strada dove aveano a passare. Giunti nella sala del trono, i loro occhi furono abbagliati dallo splendore dell'oro e delle gemme, solita sostituzione al poter vero e alla vera virtù. Dopo i ceremoniali, si fece conoscere all'Imperatore il reale oggetto della loro venuta; ed egli comprese chiaramente, che conveniva soddisfare a tutti quegli obblighi che promesso aveva suo figlio. Ciò fatto, gli ambasciatori partirono; dopo di che li Confederati condussero in trionfo il giovane Alessio in Costantinopoli, che vi venne accolto col massimo trasporto di gioja da tutti gli abitanti. L'incontro dei due principi fu commoventissimo; i loro teneri abbracciamenti interrotti non venivano che dagli slanci della riconoscenza verso i loro liberatori.

Isaaco vecchio ed infermo volle associare il figlio all'impero. Ciò piacque a tutta la nazione, poichè la saggia gioventù di Alessio e le sue sventure gli avevano guadagnato tutti i cuori. La cerimonia dell'incoronazione si fece a santa Sofia con una magnificenza impossibile a descriversi. I Crociati ebbero i posti di onore, e tutti i contrassegni della più alta considerazione.

Ma siccome pochi sono quegli uomini straordinarj che, al par di Camillo, possano dire, che gli onori non aveano punto gonfiato il suo orgoglio, nè le sciagure abbattuto, così non v'è da meravigliarsi se Alessio rimesso nel sommo della grandezza cangiasse le disposizioni del suo spirito a segno d'insuperbirsi della sua prosperità, e di attribuire alla propria virtù quella felicità che attualmente godeva. Quindi ne derivò, ch'egli non si credette più in obbligo di eseguire gli articoli del trattato. Per maggiore sua disgrazia, uno scellerato per nome Murtzulfo, docile ed insinuante come sono la più parte de' traditori, seppe guadagnare la confidenza del giovane principe, troppo inesperto ancora per sapere che gli adulatori sono la peste di ogni genere di società e particolarmente delle corti. I barbari consigli di quest'abbominevole cortigiano trascinarono di errore in errore il debole monarca, fino al punto d'approvare l'orrido disegno d'incendiare la Veneta flotta. E allora quando il genio del Doge Dandolo seppe render vano tale attentato, Murtzulfo approfittando del colpo fallito, rese Alessio sospetto al popolo d'essere d'intelligenza con i Latini. Tanto bastò perchè la sfrenata moltitudine si sollevasse contro di lui, e lo facesse cader morto sotto a' suoi colpi. Anche Isaaco spirò in mezzo alle convulsioni, ed il traditor Murtzulfo fu proclamato Imperatore.

Alla nuova di quest'orribile catastrofe, i Crociati giurano sull'istante di punire la perfida nazione che incoronato avea un assassino. Sfidano a guerra mortale il tiranno, e vogliono la conquista di Costantinopoli. Il volere ed il riuscirvi fu l'opera di poco tempo. Il tiranno si fugge, le porte della città si aprono, i Greci vengono ad implorar la clemenza de' vincitori.

Ai 12 di aprile dell'anno 1204 cadde dunque la famosa città, che dopo avere lungo tempo dominato l'universo era divenuta l'ultimo centro della romana grandezza; che nei giorni nuvolosi del suo spirante splendore era stata il teatro delle più tragiche scene, l'asilo di ogni sorta di perfidie e di eccessi, e che infine dovette succombere con sua gran vergogna a fronte di soli venti mila Latini, di cui essa avea irritato lo sdegno, e da' quali, se avesse ottenuto il perdono, sarebbe stata troppo felice.

Orrenda cosa è a ridirsi quale fosse il saccheggio, l'incendio, la strage. Puossi asserire con certezza, che il Dandolo rinnovò il fatto di Scipione, che distrutta Cartagine si volse mesto a guatarne le rovine. Egli avrebbe desiderato di poter almeno salvare intatto ciò che pur rimaneva dopo i due terribili incendj e devastazioni della città. Ma a que' tempi ancor barbari non era possibile frenare la cupidigia del soldato conquistatore, il cui premio principale era il saccheggio della città e degli abitanti. Pure il Dandolo tutto pose in opera per minorar i mali, ed al saccheggio stesso diede un qualche ordine. Tre chiese vennero assegnate come deposito del bottino, sotto pena della scomunica e della morte a chiunque avesse disobbedito. Per intimorire anche coll'esempio, venne appiccato con le sue armi e con lo scudo al collo un ajutante di campo del conte di S. Polo convinto di avere violato questo sacro dovere. Ciò rese per lo meno gli altri più destri e più prudenti; ma l'avidità la vince sempre su la paura, e l'opinione generale valuta il saccheggio secreto molto superiore al pubblico, quantunque questo per relazione di parecchi scrittori di quel tempo fosse sì grande che l'eguale non fu veduto giammai. Baldovino scrivendo al Papa asseriva, che a sua estimazione non si troverebbe in tutto il resto di Europa un ammasso di ricchezze simile a quello, che i Crociati diviso si aveano fra loro. Il che non deve parere strano, se si considera che Costantinopoli godeva della miglior posizione riguardo al commercio; che eccessivamente felici erano le sue campagne; che da nove secoli stata era la sede degl'Imperatori, e, per così dire, la capitale dell'universo; che in essa trovavansi le migliori manifatture, essendo il fondaco dell'Asia e di gran parte dell'Europa, a cui le nazioni venivano a gara per approvvigionarsi di tutte le mercanzie più rare e più preziose; ch'era insomma il centro del buon gusto e delle belle arti. A tutto ciò fa anche duopo aggiungere, che questa città era stata arricchita dalle spoglie dell'antica Roma, portatevi da Costantino, allorchè venne a fissarvi il suo trono imperiale e a darvi il suo nome. Queste ricchezze si erano altresì aumentate, mercè che in un sì lungo spazio di tempo essa non aveva mai sofferto nè perdita alcuna, nè alcun disastro. Sembrerebbe a primo colpo d'occhio, che le ricchezze di Costantinopoli fossero passate dall'una all'altra nazione, e che la perdita e le sciagure de' Greci fossero state esattamente compensate dalla gioja e dai vantaggi de' Latini; ma nel giuoco funestissimo della guerra, il guadagno non eguaglia mai la perdita. Ed in fatti da questa i Latini non trassero che un vantaggio abbagliante e passeggiero, mentre i Greci piansero sulla rovina irreparabile della patria.

Si venne alla divisione del bottino. V'ha chi pretende, che i Veneziani vedendo come i Francesi si rivendevano a vil prezzo ai Greci tanti sontuosi monumenti, e colavano per avidità di oro gli avanzi preziosi delle statue di bronzo che rimanevano tuttavia dopo gli incendj della città, che consumato aveano immense ricchezze, atterrati gli edifizj, mutilate le statue, abbiano essi offerto di prender per loro la massa totale delle spoglie, dando a ciascun cavaliere quattrocento marche d'argento, ducento ad ogni prelato e ad ogni ufficiale, cento ad ogni soldato. Se falsa è la tradizione, vero è però che i Francesi nulla recarono con sè, ed i Veneziani all'incontro, più esperti conoscitori anche in quel secolo delle arti belle, vi trasportarono quantità di ricche suppellettili, gioje, pietre, anelli, tratti dal tesoro imperiale, vasi d'oro, d'argento, d'agata, sorprendenti per la loro grandezza, i quali erano stati portati in trionfo da Gneo Pompeo dopo la sua vittoria su i Re Tigrane e Mitridate; coppe di turchina, di diaspro, di amatista, lavorate da' più insigni professori dell'arte: monumenti illustri dell'ingegno degli Arabi che vi aveano scolpiti de' caratteri nella loro lingua. Tutto ciò rende probabile, ch'essi inoltre quindi apportassero e quadri, e statue, e manoscritti. Ma è fuor di dubbio che vi asportarono que' quattro cavalli di metallo dorato, non meno famosi pel loro moltiplice traslocamento, che per la venustà delle loro forme. Tanti cospicui tesori vennero ad abbellire la nostra città, ed i cavalli furono posti da prima dentro dell'arsenale, ma sembrando che ivi non fossero bastantemente esposti alla comune vista, nè conseguissero la dovuta ammirazione, s'innalzarono nella facciata della Basilica di san Marco. V'ha chi afferma, che per aggiunger loro un carattere allegorico, dimostrante che Venezia non aveva mai sofferto il giogo di straniera potenza, fu spezzato il freno che per l'innanzi portavano in bocca, talchè rappresentassero lo stato di una generosa e magnanima libertà. Colà grandeggiarono trionfalmente pel corso di quasi sei secoli. Indi una pace senza guerra, un trattato senza condizioni, una vendita senza compensi, li fecero trasportar a Parigi. Eppure chi mai creder potrebbe che a' giorni nostri vi fosse ancora un francese, il sig. Sobry, che dopo aver osato di scrivere e di stampare, che i Francesi prendendo Costantinopoli, s'impossessarono de' quattro cavalli di bronzo dorato, e ne fecero un dono alla Repubblica di Venezia, che ne ornò l'ingresso della sua capitale (quasi che la capitale della Repubblica fosse la basilica di S. Marco), osò di scrivere e stampare non meno, che conquistata poi da' Francesi la città di Venezia (senza dubbio col mezzo di truppe a cavallo trascorrenti la merceria, come una loro incisione dimostra) i Francesi se li fecero suoi nuovamente, e li trasportarono come cosa propria a Parigi. Certo è che da Parigi vennero rimossi mercè le vittorie de' principi alleati. L'imperatore d'Austria pensò che fatto avrebbe cosa degna del suo cuore coll'ordinare, che non già nella sua capitale di Vienna, ma nella città di Venezia fossero ricondotti a testimonio perpetuo e irrefragabile dell'antico valor Veneto. Tal ordine emanato, venne tosto eseguito. Volle egli inoltre, che si riponessero nel primo lor sito a meglio ridestare negli abitanti un vivo senso di gioja, che andasse del pari col vivo senso di dolore esperimentato allorchè ne vennero tolti. Di fatti al rivederli colà, il popolo giubilante parve dimenticare che quello fosse un dono, e gli si risvegliarono i sensi dell'antica sua grandezza, di cui andava superbo nell'epoca gloriosa, che padroni ne avea renduti i nostri antenati. Dono per altro è questo preziosissimo; dono di augurio fortunatissimo, giacchè ovunque andarono questi cavalli, dietro si trascinarono lustro e prosperità, siccome fu lor costume di partire da quegli Stati che decadevano di possanza e di signoria.

Dopo la divisione del bottino si venne a quella delle terre. I Veneziani oltre le isole dell'Arcipelago, e parecchi porti sulle coste dell'Ellesponto, della Frigia e della Morea, ebbero il possesso formale della metà di Costantinopoli. Anche questa disposizione fu opera di Enrico Dandolo, che non perdea mai di vista tutto ciò che tendeva alla gloria e all'ingrandimento della Repubblica da lui riguardata qual potenza marittima. Felici noi se avessimo sempre continuato a pensar così! Per questa ragione appunto, egli avea scelto le isole, i porti e le piazze sul mare, considerandole come vere forze a cagione del commercio e della navigazione, e preferibili a tutti i possessi del Continente.

Dopo di ciò, il nostro Eroe, alla testa di una processione solenne formata da tutto il clero, dai principi, ed altri signori che a Costantinopoli trovavansi, andò a Santa Sofia a render grazie all'Altissimo per avere durante tutta questa guerra benedette le armi degli alleati. Naturale era in vero che si riguardassero tutti questi prosperi successi come un favor celeste, quando consideravasi, che ventimila uomini solamente avevano una gloria sì luminosa acquistata, ed un sì grand'impero soggiogato. Si fecero pur anco feste magnifiche tanto in città, che al campo. Venezia nell'intendere la gran nuova manifestò con brillanti feste la gioja che ne risentiva; e benchè allora si entrasse nella Settimana santa, niente però si ommise per renderle decorose e belle. Ma quelle poi che nel giorno di Pasqua si eseguirono, furono ancor più magnifiche. Pure niente poteva esser paragonabile, a quanto stavasi preparando per celebrare il ritorno dell'illustre vincitore, che la Repubblica ricompensare voleva con tutti i meritati onori; ma la morte quasi fosse stata gelosa di vederlo trionfante in patria, ce lo rapì, e tutta la gioja converse in universale tristezza.

Pietro Ziani, che gli successe nel seggio Ducale, giudicò di non poter meglio onorare la memoria di un cittadino sì degno, quanto col soddisfare a proprie spese al voto che fatto egli avea, di erigere a san Nicolò protettore de' marinaj, nel palazzo Ducale, una cappella, se ottenuto avesse il compimento de' suoi desiderj. Tanto egli eseguì facendovi dipingere sulla muraglia la presa di Costantinopoli. Un incendio dopo molti anni ridusse in cenere la cappella; ma un altro Doge, cioè Andrea Gritti rifare la fece, e sin agli ultimi giorni della Repubblica si festeggiò ogni anno la memoria di questo fatto, recandosi i Dogi con tutta la Signoria nel dì 6 dicembre, giorno di san Nicolò, ad udire in questa cappella la messa solenne, ed a render atti di grazie all'Ente supremo che avea così bene favorite le nostre imprese.

Il Governo volle eternare in altro modo ancora la memoria del grande avvenimento, facendone dipingere tutta la storia sulle pareti del palazzo Ducale. Si provarono le fiamme di distruggere tal monumento di gloria, ma invano; giacchè alle prime incendiate pitture ne vennero tosto sostituite di nuove, le quali possiamo tuttavia ammirare nella sala, che fu un tempo del Gran Consiglio, ed ora accoglie la pubblica Biblioteca. Otto gran tele ci rappresentano le varie circostanze del fatto. I soggetti attuali sono in parte quelli stessi ch'erano stati trattati in antico. Io tenterò qui di farne la descrizione, per quanto una penna inesperta potrà seguir da lungi il vivace lavoro di portentosi pennelli.

Quadro I.

Domenico Tintoretto vi avea dipinto la cerimonia, ch'ebbe luogo nella chiesa di san Marco all'occasione di ratificare il trattato con i principi Crociati alla presenza del popolo Veneto. Il Lorenese Giovanni le Clerc si accinse a ripetere il fatto medesimo. Egli rappresentò l'interno della chiesa di san Marco ricopiato dall'originale in modo da farne illusione. Tutti i principi Crociati vi sono raccolti e sì bene contraddistinti, che tu giungi a riconoscer ciascuno. Ecco il conte di Fiandra; ecco Enrico conte di san Paolo; ecco Luigi conte di Savoja; ecco Bonifacio marchese di Monferrato, ed altri ancora. Il popolo Veneto si affolla per essere testimonio e giudice al tempo stesso; presta egli la massima attenzione al discorso del Doge Enrico Dandolo. Questi dall'alto della tribuna sta annunziando pubblicamente gli articoli del trattato con li Crociati. Unanime è l'approvazione; la gioja brilla negli occhi di ognuno; tutte le menti sono egualmente colpite da rispetto, da fiducia, da ammirazione verso questo venerabile vecchio, e malgrado le differenti attitudini degli spettatori, puossi facilmente indovinare, che il Doge Enrico Dandolo verrà, con universale consenso, acclamato capo di questa grande spedizione.

Anticamente in questo quadro Luigi di Murano aveva rappresentato l'imponente spettacolo offerto nelle lagune della flotta Veneziana composta di 100 grossi vascelli, di 120 galee e di 60 bastimenti da trasporto, allestiti per la partenza. Distinguevansi pur anche quelle tre gran navi chiamate il Paradiso, il Mondo, il Pellegrino, che furono la meraviglia e lo spavento dei nemici. Al momento di rimettere il quadro parve cosa poco importante il figurare un semplice apparecchio di navi, e si giudicò esser meglio l'esprimere un fatto. Quindi si diede per soggetto ad Andrea Vicentino la conquista di Zara, richiamando per tal modo alla mente un'azione gloriosa de' Veneziani, ed un tratto considerabile della loro destra politica. Quest'eccellente pittore ci presenta la vista della città di Zara dalla parte del mare, ed insieme quella della nostra formidabile flotta, che ha già forzato l'entrata del porto, quantunque gli assediati l'avessero chiusa con forte catena. E soldati e marinaj animati dal loro intrepido comandante Enrico Dandolo danno l'assalto alla città; tutti a gara fanno giuocar i dardi e le balestre per tener lontani i nemici. Già le mura si scalano, già la città è presa: che cosa resta a fare ai miseri abitanti in sì crudele frangente?

Quadro III.

L'unico rifugio per gl'infelici Zaratini si era quello soltanto d'implorare clemenza e perdono al vincitore. Non l'osavano però; che troppe volte aveano essi abusato dell'indulgenza dei Veneziani. Domenico Tintoretto nel suo quadro ci mostra la risoluzione presa dagli abitanti di Zara. Vedesi una lunga processione di donne e di giovanetti vestiti tutti di bianco, che in atteggiamento umile e sommesso vanno a giurar fede e obbedienza in nome de' cittadini, ed a presentare al Doge le chiavi della città. Ad uno spettacolo sì commovente tutti i Principi si mostrano inteneriti; s'interessano vivamente in loro favore, ed esercitano de' buoni uffizj presso i Veneziani, onde accordino il perdono a quei messi innocenti, che vengono ad implorarlo per tutti. Non v'è da dubitare; il Dandolo glielo concede, e di più leggonsi sul suo volto generose promesse di un avvenire veramente felice. I Veneziani non hanno mai mancato alla loro parola.

Quadro IV.

Jacopo Tintoretto in prima, poscia Andrea Vicentino espresse in questa tavola la scena interessantissima del giovane Alessio Comneno, che presenta ginocchioni al Doge Dandolo le lettere commendatizie dell'imperatore Filippo. Il Doge sta seduto sul suo trono circondato da' principi Crociati e da' suoi uffiziali. Il genio dell'artista seppe rappresentare al naturale le diverse sensazioni che provano que' personaggi. L'attitudine del giovane principe ed il suo volto palesano abbastanza qual vivo dolore lo penetri, ed ogni cuore se ne sente commosso. Il Doge che nulla più bramava pel compimento de' suoi voti, quanto questa comparsa, c'indica in tutta la sua fisonomia le di lui future speranze; pure egli deve nascondere ciò che gli bolle in cuore. Sa di aver a fare con uomini di coscienza timida, e troppo facile a restare spaventata da quella potenza, che coperta da un mantello venerabile avea già stabilito l'opinione generale a piegare ogni cosa al suo volere; talmentechè v'era tutto da temere per parte di questi. Di fatti si osservano fra gli spettatori alcuni, i quali atterriti dalle bolle del Papa, guardano quasi con orrore quella flotta, che sta in qualche distanza, e che si può credere ora destinata per tutt'altra spedizione, che per quella di Terra-Santa. Pure sonovi alcuni altri tra gli astanti, che gettano pietosi gli occhi sul greco Principe, e già si mostrano disposti ad intraprendere tutto in suo favore. Essi sembrano partecipare delle pene e delle sciagure di un uomo, che nato in mezzo alle grandezze eccita viemaggiormente la compassione delle anime nobili e generose.

Quadro V.

È nobil lavoro d'Jacopo Palma il giovane, il quadro che vien dopo. Una galleggiante selva di alberi, di antenne, di sarte, fra mezzo alle quali fiammeggiano le Venete insegne, ci rappresenta la nostra flotta, che dopo aver vittoriosamente superati que' due famosi Promontorj di Sesto e di Abido, trovasi in faccia alle mura di Costantinopoli. L'usurpatore Alessio ricusa di arrendersi, e i Crociati sono risoluti di non più differire l'attacco. La catena che difendeva l'ingresso del canale è da' Veneziani spezzata. Vedi: la flotta è già nel porto; il fuoco invade i vascelli nemici; un fuoco eguale si appicca a molti quartieri della città; non v'è più salvezza per i Greci; tutto dee cedere dinanzi a sì valorosi guerrieri.

Quadro VI.

Toccò al pennello di Domenico Tintoretto il sottoporre agli occhi de' risguardanti il magnifico aspetto di Costantinopoli, che lungo le rive del mare distende le solide sue mura fortificate di numerose torri. Tra le navi Venete dalle quali è cinta, si distinguono quelle due sterminate, il Paradiso e il Mondo, che insieme legate rendono più facile e più efficace l'effetto delle macchine d'attacco. Se l'ardore de' soldati apparve grande nel primo conflitto, quando trattavasi di riporre sul trono avito un principe sventurato, qui è ancor più furibondo e terribile, trattandosi di vendicare il proprio onor vilipeso, e di punire la più nera perfidia. Il Dandolo è l'anima di tutta l'impresa. Armato da capo a piedi, egli sta più di tutti esposto ai colpi nemici. Innanzi a lui sventola lo stendardo di san Marco, e su quello tutti giurano di vincere o di morire. Una scarica generale di pietre e di dardi dà principio all'assalto: i Francesi sono audaci; i Veneziani abilissimi. In mezzo a torrenti di fuoco greco che investe gli assedianti, si ravvisa Pietro Alberti veneziano, che slanciasi fuori del vascello, s'arrampica sopra una delle torri, ne guadagna la sommità, salta sulla piatta forma colla sciabola alla mano, attacca, uccide, rovescia tutto ciò che incontra, e già lo stendardo della Croce è piantato sulle mura nemiche. Andrea d'Urboise francese fa altrettanto sopra un'altra torre, ed una folla di soldati valorosi respingono i Greci, e li rovesciano dall'alto delle mura. Si sforzano le porte della città, i nemici fuggono, i Crociati inseguono, ed a gran colpi e senza distinzione tutto abbattono. Generale è l'orrore, la confusione, il macello. Poichè per salvar la città più non vale la forza, si ricorre alle preghiere. Ed ecco in fatti in mezzo al bollor della mischia uscire dalla porta una lunga processione. Vi precede il clero colla croce inalberata e colle sante reliquie. Il popolo senza capo e senza soldati venne ad implorar la clemenza de' vincitori. Il Doge ed i Principi sono troppo generosi per abusare della sommissione di tutta questa moltitudine supplicante.

Quadro VII.

Scena egualmente grandiosa fu riserbata alla bravura di Andrea Vicentino, onde rimettere il dipinto di Francesco Bassano, che fatalmente perì. Egli fè brillare il suo talento e la ricchezza della sua immaginazione nell'aprirci il magnifico tempio di santa Sofia, in cui dodici elettori, parte Veneti, parte Francesi, stanno raccolti sopra una specie di tribuna per la creazione del nuovo Imperatore. Benchè si tratti di acquistare la prima corona del mondo, l'attitudine di tutti que' personaggi ci assicura non esservi rivalità fra loro, non brighe di alcuna specie; tutti egualmente operano di buona fede: esempio assai raro fra due popoli emuli nel valore, in una elezione di tanta importanza. Gli sguardi di ognuno sono particolarmente diretti verso il Doge. L'alta considerazione ch'egli gode, farà certamente cadere su di lui la scelta. Repubblicani non temete, ch'egli preferisca altri titoli a quello di libero cittadino, nè altri interessi che quelli della sua patria!

Quadro VIII.

Il giovane Baldovino conte di Fiandra è creato Imperatore. La cerimonia della sua incoronazione era l'unico fatto, che mancasse a presentarci compiuto il grande avvenimento. Se nol possiamo più vedere quale lo avea ideato Francesco Bassano, non abbiamo troppo di che dolerci, mentre Antonio Vassilachi, detto l'Aliense, che venne trascelto a rinnovarlo, fu pittor tale da eccitar la gelosia nello stesso magnifico Paolo. Qual v'è cosa più stupenda della Piazza Maggiore di Costantinopoli variamente fregiata di logge, di piramidi, di palagi? La grand'arte della prospettiva usata sì nella disposizione degli edifizj, come nella collocazione e negli scorci delle infinite figure, ond'è composta la folla del popolo accorso alla funzione, ci fa comprendere la grande estensione del luogo. Ma i nostri sguardi vaganti per sì vasto spazio, vengono presto richiamati a fissarsi sopra il gruppo più vicino, che forma il soggetto primario del quadro. Sopra un'alta gradinata s'innalza un trono coperto di ricco baldacchino, e sul trono siede quell'eroe sì degno dell'immortalità, quel modello del vero Repubblicano, quell'Enrico Dandolo infine, il quale sta in atto di riporre sul capo del nuovo monarca una corona, che il comun voto avrebbe volentieri riposta sul suo. Ma egli è più contento di disporre delle corone che di conseguirle. Baldovino benchè vestito con regal pompa, e collo scettro in mano gli sta ginocchioni dinanzi. Tutti gli spettatori sono giubilanti: godono del proprio stupore, nè sanno che cosa ammirar più, se il nobile disinteresse dell'uno, o la fortuna dell'altro.

Oh pittura, arte divina e vero incanto de' sensi, quanta lode a te non si deve, che sì felicemente perpetui le grandi azioni, e quasi vìve le presenti anche agli occhi del volgo, del che certo vantar non si possono le dotte carte degli scrittori! Ma quanta lode insieme non è dovuta agl'illustri capi del Veneto Governo, che non ommisero giammai occasione di rivolgersi a così nobile uso, e nell'atto d'immortalare gli eroi benemeriti della patria, animarono pur anco il genio degli artisti, aprendo alla posterità una carriera, nella quale non lascieranno giammai i Veneziani di tenere il posto più luminoso!

43

Festa per la ricuperazione

DI CANDIA.

Malgrado tutti i vantaggi che l'illustre Doge Enrico Dandolo ritratti avea della celebre conquista di Costantinopoli, egli non era pago abbastanza; desiderava inoltre il possesso dell'isola di Candia. Questa era stata ceduta a Bonifacio marchese di Monferrato da Alessio figlio d'Isaaco, mercè di un particolar trattato. Il Dandolo seppe fare in modo, che Bonifacio gliela cedette, mediante una grossa somma di danari. Non potea però dirsi pagato a troppo caro prezzo un acquisto di sì grande utilità. Quest'isola, che anticamente chiamavasi Creta, venne celebrata da molti scrittori. Nomavasi l'Isola di cento città, delle quali ai tempi di Plinio ne esistevano ancora quaranta. La sua fama fu tale, che perfino si ebbe ricorso alla mitologia per innalzarne la gloria. Dicevasi essere stata governata dagli Dei, o almeno da alcuni uomini, che agli Dei rassomigliavano. Ciò che anticamente correva intorno al re Minosse, viene ripetuto anche oggidì, se non come una verità di quei tempi, almeno come il miglior esempio da essere offerto ai monarchi; poichè secondo gli storici più antichi, egli fu che colla sua saggezza e moderazione rese Creta possente e felice: gloria, dice Fenelon, che ha cancellato quella di tutti i conquistatori, i quali vogliono fare servire i popoli alla lor gloria, cioè alla loro vanità.

La posizione di quest'isola è la più vantaggiosa per lo commercio. Trovasi all'imboccatura dell'Arcipelago; ha l'Europa da una parte, l'Asia e l'Africa dall'altra, che tiene, per così dire, in soggezione. Essa è circondata da colline piacevoli, da fertili valli, da montagne coperte di pini e d'abeti molto opportuni alla costruzione de' vascelli; ed a' piedi di queste montagne verdeggiavano una volta boschetti di cedri e di aranci odorissimi. Non potevasi vedere senza ammirazione il gran numero di armenti e di greggie, che mugghiando e belando si disperdevano per quelle ridenti vallate, e pasturavano in mezzo a salubri praterie innaffiate da pure sorgenti, e da ruscelli che le dividevano. L'occhio scorreva deliziosamente sopra que' campi da ricche messi coperti, che venivano a terminare alle falde de' colli, su cui le viti pendenti in festoni dagli alberi, offrivano bei gruppi variamente colorati, e contenenti un succo dolce e spiritoso, che prometteva ai vendemmiatori una bevanda, nella quale doveano ben presto perdere la rimembranza delle loro fatiche e dei loro lavori. Non conviene dunque maravigliare, se un'isola sì feconda sia stata sempre vagheggiata da tutti i conquistatori Di fatti moltissimi e Greci e Barbari ne fecero, or questi or quelli, la conquista. Metello, dopo la sua vittoria sopra Antiochia, la sottomise alla Repubblica Romana. Fu pure soggetta agl'imperatori di Roma anche dopo che il seggio imperiale sì trasportò in Bisanzio. Venne poscia presa e saccheggiata più volte dai Saracini. Furono essi che le cangiarono il nome, e la dissero Candia, forse a cagione della bianchezza de' suoi monti, che secondo Strabone, chiamavansi candidi o bianchi. Questi nuovi conquistatori vi costrussero la metropoli, che venne egualmente detta Candia. Tre secoli dopo ritornò in potere de' Greci sotto il regno dell'imperatore Niceforo Foca, e vi rimase fino all'epoca in cui fu ceduta al marchese di Monferrato, o sia ai Veneziani.

Se Venezia alla nuova d'un acquisto sì importante sentì tutti i trasporti della gioia, i Candiotti al contrario mercè dell'odio implacabile che aveano giurato ai Latini, si abbandonarono alla desolazione per essere stati ceduti alla Repubblica. Si lusingarono nondimeno di poter colla loro unione respingere questi nuovi padroni, ed assicurarsi da ogni invasione. Ma al momento dello sbarco, tutto loro mancò. Il valore de' soldati Veneziani e la buona condotta de' loro capi ne compierono tosto la conquista.

Cominciossi in prima dall'esaminare qual Governo potesse meglio convenire a quest'isola, avuto riguardo alla sua estensione, allo spirito ed all'umore de' suoi abitanti. Dopo mature riflessioni fu deciso di trasportar in Candia una numerosa colonia di Veneti nobili e plebei, i quali aumentando la popolazione, potessero insieme bilanciare la forza attuale del regno. Vennero assegnate ad essi alcune terre, e data una costituzione Repubblicana simile a quella della Capitale, a cui Candia dovea per sempre essere unita e soggetta. Il primo Doge che partì per Candia co' suoi Coloni, fu Jacopo Tiepolo.

Malgrado delle ben saggie ed avvedute sollecitudini de' Veneziani, essi non poterono soffocare la rabbia degli uni, l'invidia degli altri, e la gelosia di quelli che pretendevano gareggiare con essi loro in fatto di commercio. I Genovesi troppo deboli ancora per osar di lottare a forza aperta, ricorsero all'astuzia per sollevare i Candiotti contro il Veneto Governo. La protezione ad essi accordata da Roberto compì di determinarli. Dopo qualche anno il tradimento del Duca di Naxe incoraggiò l'audacia de' ribelli, che trovarono nuovi soccorsi presso l'imperatore Niceta; di modo che, durante un secolo e mezzo, quest'isola fu esposta a frequenti rivoluzioni, ed a ribellioni continue sotto differenti forme e pretesti diversi, che si sarebbero eternati, se non vi si ponea termine collo spargimento del sangue: mezzo infelicissimo per cuori paterni, che versano lagrime sopra simili trionfi.

Ma la sollevazione più fatale, e che più particolarmente immerse nell'afflizione i teneri padri della nostra patria, quella si fu che accadde nell'anno 1361 sotto il Doge Lorenzo Celsi. Questa volta il disordine non venne dalla parte dei Greci nativi, poichè dopo parecchi infruttuosi tentativi sembravano finalmente disposti a tollerare l'imposto giogo. Furono bensì i Veneti coloni stabiliti nell'isola, i quali unanimemente inalberarono lo stendardo della ribellione. Cominciarono dal lagnarsi, che nessun di loro fosse chiamato a Venezia ad occupare il posto di Savio, ch'era una delle prime dignità dello Stato, pretendendo che per essere essi una porzione distinta del corpo della Repubblica non doveasi trascurare di assegnare loro nel Gran Consiglio un certo numero di posti, affine di avere in Venezia persone, che procacciassero di preservare i loro diritti e difenderne gl'interessi. Su di ciò si determinarono di presentare al governo di Candia una supplica, la quale letta appena, uno de' Consiglieri rivolto a' deputati disse con ironia: ah! ah! vi sono de' Savj fra di voi? Questo amaro scherzo fu la scintilla, che accese un grande incendio. Da quel momento ad altro non si attese, che a macchinare la ribellione. Vi voleva nondimeno un pretesto; e questo si trovò, benchè mancante di fondamento. Il Senato di Venezia avea spedito in Candia un ordine, con cui veniva stabilita una nuova imposta, per la riparazione del porto e del molo. Gl'isolani senza punto badare all'utile comune che da queste operazioni derivava, si ammutinarono, dichiarando di non voler assolutamente obbedire, e sull'istante presero le armi. Si portarono tumultuariamente al Doge Leonardo Dandolo, e trovando le porte chiuse si provarono di abbatterle. Allora il Doge escì co' suoi Consiglieri, perorò ai malcontenti, rinfacciò loro, benchè con dolcezza, l'indecenza e l'irregolarità della loro condotta, e gli esortò alla tranquillità, all'obbedienza. Nulla potè calmarli, e fu quasi un prodigio s'essi non segnarono collo spargimento del sangue i primi movimenti dei loro temerarj trasporti. Si contentarono di arrestare il Doge ed i suoi Consiglieri, racchiudendoli in una prigione. Poscia si scelsero un capo che chiamavasi Marco Gradenigo. Siccome molto ad essi importava l'avere i Greci dal loro partito, per renderseli favorevoli abolirono il rito latino in tutte le chiese. Sostituirono lo stendardo di san Tito a quello di san Marco; apersero le prigioni; misero i delinquenti in libertà, a condizione però che si ponessero nelle loro truppe, e che servissero gratuitamente per sei mesi.

Appena l'infausta notizia pervenne a Venezia, che vi destò la massima costernazione, inspirata dal timore di perdere un'isola sì utile e sì cara. Un altro sentimento vi si aggiunse ancora. Molti cittadini erano costretti ad affliggersi per la perdita di alcuni parenti o amici, che conveniva sacrificare alla patria. Il Senato tenne a quest'oggetto alcune assemblee straordinarie, e l'opinione che prevalse fu di ascoltare anche in questa circostanza la voce della moderazione sì naturale ai Veneziani. Venne spedita una commissione per procurare di richiamare con dolcezza i Coloni alla ragione; ma nulla valse a piegarli. Si volle fare un altro tentativo, spedendo da Venezia una nuova deputazione; ma infine vedendo vani tutti i mezzi della persuasione, si ricorse alla via dell'armi. Volle il Senato prima di ogni altra cosa assicurarsi della buona disposizione de' Principi cristiani in suo favore, e poichè ebbe le risposte favorevoli, proclamò i nomi dei capi de' ribelli, e li dichiarò traditori della patria. Poscia si diede a formare un disegno di operazioni militari per la ricuperazione dell'isola. Vennero dati tutti gli ordini necessarj per l'armamento di una flotta di trentatrè galee e di molti bastimenti da trasporto. Si fece nelle vicine provincie una gran leva di soldati, onde formare un'armata di terra. Ma la difficoltà maggiore stava nello scegliere un abile generale straniero per comandarla, poichè, come l'abbiamo veduto altrove, per legge niun gentiluomo Veneziano poteva esser capo di un'armata terrestre. In quest'incontro il Doge Lorenzo Celsi gettò l'occhio sopra Lucchesino dal Verme, che trovavasi al servigio dei Signori di Milano. Per ottenerlo, pensò di valersi del Petrarca, che stava allora in Venezia, e ch'era intimo amico di quel generale. La mediazione ebbe una felice riuscita. Lucchesino giunse tosto a Venezia, ricevette gli ordini, ed assunse il comando della truppa.

Mentre facevansi i preparativi neccssarj per questa guerra, i ribelli di Candia pubblicavano manifesti, che proibivano sotto pene rigorosissime il parlare di accordi o di sommissioni ai Veneziani. Decretarono inoltre, che chiunque ricusasse di seguire il loro partito, sarebbe senza remissione posto in pezzi. Quest'orribile decreto fu l'origine di avvenimenti ancora più atroci. Le case, le proprietà di molti abitanti furono saccheggiate, e le loro vite esposte al furore d'uno sfrenato popolo. Non v'erano più consigli per dirigere gli affari, nè sicurezza per chi che sia. Il sospetto si librava su tutte le teste; tutto era confusione, disordine; si giunse insino ad andar armati al palazzo chiedendo la strage di tutti i Latini, che trovavansi nelle prigioni. Questa moltitudine dimandò inoltre, che dieci Greci fossero ammessi in tutti i Consigli di Stato, e che senza di essi non si potesse deliberare di verun affare relativo al regno. Tutto era stato regolato sino allora col consiglio di Giovanni Calergi, cittadino il più accreditato dell'isola ed il più amato dal popolo. Pure ben presto sospettossi anche delle di lui intenzioni. Si credette ch'egli volesse rendersi assoluto padrone di tutta l'isola, e sull'istante fu preso e balzato da una finestra del palazzo. Quel medesimo popolo, che poco innanzi lo avea proclamato liberator della patria, ecco che ora lo giudica degno di una tal morte; applaude a' suoi assassini, e spinge il suo frenetico furore fin a gettarsi sul cadavere insanguinato, che lacera in mille pezzi, portandoli in trionfo per tutta la città.

Alla vista d'uno spettacolo sì orrendo, d'una condotta sì barbara, la maggior parte de' nobili ch'entravano tra i ribelli, vedendo l'incostanza del popolo, cominciarono a temere per la propria sicurezza. Giudicarono essere più saggio avviso il prevenir le sciagure, invocando la paterna clemenza del Governo di Venezia. Ma il partito contrario più ostinato ne' suoi torti, si manifestò di una opinione affatto diversa; disse, che se l'isola dovesse divenire soggetta, doveasi preferire di sottommetterla a qualsisia altra potenza, fuorchè a quella de' Veneziani, i quali sotto sembianza di una finta umanità, cercherebbero d'ingannare la buona fede dei più creduli, per poi perderli tutti. Il sedizioso consiglio prevalse; quello della prudenza venne rigettato; e dopo di avere bilanciati tutti gl'interessi dei principi, si risolse di offerire alla Repubblica di Genova la sommissione volontaria di tutta l'isola. Marco Gradenigo, udita la proposizione, cercò di frastornarla; ma il di lui troppo tardo zelo non fece che affrettargli la morte. Egli fu trucidato sul fatto, e poco mancò che non corressero egual sorte quegli altri tutti, che si trovavano di simile avviso. Niuno osò più dir parola. I sediziosi seppero prevalersi della confusione e del silenzio inspirato dallo spavento per disporre del destino generale. Fecero in sul momento partire una galera con due deputati per eseguire il disegno di sottomettersi ai Genovesi; ma questi già prevenuti dai Veneziani, rifiutarono l'obblazione, e rimandarono a casa gli ambasciatori senz'aver nulla ottenuto.

Grande fu in Candia lo sconforto per questa vicenda; pure fu un nulla in paragone dello spavento cagionato alla vista di una numerosa flotta Veneziana, che venne ad ancorarsi nel porto della Fraschia. Seimila uomini di truppa di terra fecero lo sbarco senza trovarvi la menoma opposizione. Lucchesino dal Verme cominciò dallo stabilire il suo campo su i lidi del mare. Mentre egli era inteso a ritirare dai vascelli le munizioni necessarie e a formare i suoi magazzini, cento de' suoi soldati uscirono dal campo per andar a saccheggiare nel vicinato. Vennero essi incontrati da un grosso distaccamento di ribelli, che li uccisero tutti sino all'ultimo. Per dimostrare poi l'odio che portavano ai loro antichi padroni, ne maltrattarono i cadaveri, li mutilarono e li dispersero per le campagne. Tanta barbarie accese vieppiù i soldati Veneti, ed inspirò loro la risoluzione di non dar più nessun quartiere al nemico. Questo incoraggiato dalla buona riuscita del primo incontro, prese animo, ed osò sfidar i Veneziani in campo aperto. Lucchesino lasciollo avvicinare; ma quando lo vide a portata di freccia, diede il segnale dell'attacco. Le brigate piombarono su i ribelli, posero in disordine le loro file; nulla potè resistere a quell'ardor di vendetta, che li animava. La disfatta de' Candiotti fu compiuta. Alcuni soldati compresi di spavento si salvarono sulle montagne; il maggior numero perì colle armi alla mano. L'armata vittoriosa giunse alle porte della città; superò i borghi, li saccheggiò, ed incendiò le case. In quel momento stesso la flotta entrò nella rada di Candia. Gli abitanti costernati da un avvenimento, che non lasciava loro più veruna speranza, e vedendo la città sul punto d'esser presa d'assalto, inviarono un oratore al Comandante della flotta per implorare clemenza. Il deputato presentossi in atto supplichevole; cercò di gettar tutta la colpa della ribellione sopra la temerità di un piccolo numero; rappresentò trovarsi la città tutta immersa nel pianto, benchè la maggior parte degli abitanti fossero innocenti. Protestò, e giurò fedeltà e obbedienza alla Repubblica, scongiurò perchè fosse risparmiata una città ch'era l'ornamento del regno, e perchè sottratte pur fossero le loro mogli e i loro figliuoli al furore dei soldati. Quel comandante lo ascoltò senza mai interromperlo; poscia gli rimproverò la mala fede di un popolo sì accarezzato dal Governo Veneto, e che tante volte provato avea gli effetti della di lui clemenza. Indi gli fece sperare il perdono, qualora gli fossero dati indubitabili pegni di sommissione con promessa di esser sempre fedeli, senza mai più eccitare torbidi nell'isola. Aggiunse, che questo perdono egli non poteva concederlo che ai meno colpevoli, ma in quanto ai principali autori della ribellione, essendo persone facinorose ed infette, non potevano essere sottratti al meritato castigo. Prese tali disposizioni e segnati i patti, la città aperse le porte, e gli abitanti accolsero l'armata con una profonda umiltà.

Venne poscia staccata una galea per recare a Venezia sì fausta notizia, ove ognuno stavasi impaziente di conoscere il vero stato delle cose; poichè tutto ciò che era preceduto, annunziava per parte dei Coloni una ostinazione difficile a vincersi. Ma alla fine il giorno 4 giugno un segnale dato dall'alto della torre di san Marco, pubblicò l'arrivo di una galea, che si affrettava di guadagnare il porto. La curiosità spinse una folla immensa su i lidi. Quando essa vi giunse, e si seppe che i ribelli di Candia erano stati vinti, che le loro città, le loro castella s'erano rese, che l'isola intera erasi sottomessa, allora la gioja de' Veneziani fu una specie di ebbrezza generale. Il Doge Lorenzo Celsi ordinò subito, che per tre giorni si dovesse in tutte le chiese rendere solenni grazie a Dio; e volle in oltre che questi atti religiosi fossero seguiti da pubbliche Feste. Ordinò giostre e tornei magnifici. Il valoroso General dal Verme venne invitato a presedervi e a distribuirvi i premii. Il celebre Petrarca, al quale aveasi una sì grande obbligazione, ebbe un posto distinto. Questo capo della Repubblica delle lettere venne collocato alla destra del capo della Repubblica di Venezia. Testimonio oculare degli spettacoli dati in quest'occasione, il Petrarca ne scrisse tutte le particolarità in una lettera latina diretta al suo amico Pietro Bolognese. Siccome questa lettera non è mai stata tradotta, così penso di far cosa grata ai miei lettori di darla qui intera. Troveranno in essa di che appagar pienamente la loro curiosità, riguardo a tutto ciò ch'ebbe luogo in Venezia in tale occasione. A testimonio sì illustre e sì autentico sarebbe ardire inescusabile, se io aggiungessi una sillaba.

Benchè essendo presente coll'animo, nè troppo lontano col corpo, tu per l'orecchio accolga lo strepito e gli applausi, e direi quasi per gli occhi il fumo e la polvere degli spettacoli, e restandoti alcuna cosa a sapere, suppliscavi notte e giorno la viva voce de' passeggeri, credo tuttavia, che con piacer udrai dalla mia lettera, ciò che con piacer maggiore avresti cogli occhi mirato, se un corporal morbo non t'avesse invidiato il bellissimo divertimento. E quale infatti, quale spettacolo più vago e più giusto immaginare si potrebbe, quanto il mirare una città giustissima, non d'ingiurie fatte ai vicini, non d'intestine discordie o di rapine come le altre, ma esultare della sola giustizia? È questa l'augustissima città di Venezia, unico nido in presente di libertà, di pace, di equità; unico rifugio de' buoni; unico porto in cui le navi sbattute da tiranniche e guerriere burrasche amano di ritirarsi in salvo; città ricca d'oro, più ricca di fama; potente per facoltà, più potente per virtù; fondata sopra solidi marmi, più solidamente piantata sulle basi della civile concordia; cinta da salsi incorruttibili flutti; protetta da più incorruttibili consigli. Nè credere già ch'ella esulti pel riacquisto dell'isola di Candia; che quantunque illustre per antichità di nome, pur è piccola cosa: giacchè per le anime grandi piccolo è tutto, s'anco appare massimo, tranne la virtù; ma perchè l'esito si fu, qual esser dovea, vo' dire, ella esulta non della vittoria sua, ma di quella della giustizia. E di vero, che gran vanto è egli mai per uomini forti, potenti, scorti da tanto Duce, e maestri di guerra non men terrestre che marittima, l'aver superati alquanti inermi Grecucci e la nequizia fuggiasca? Gran vanto egli è piuttosto, che anche a nostri giorni sì prestamente ceda alla fortezza la fraude, e i vizj soggiacciano alle virtù, e che tuttora Iddio abbia cura, e provvegga alle umane vicende. Io sono il Signore, egli dice, e non cangio. E di nuovo: Io sono chi sono. Nè tale infatti in istretto senso e semplicemente sarebbe, se in lui cangiamento avvenisse. Ciò che fu, tuttora egli è; nè a caso tal nome gli attribuisce il Salmista. Di più ciò che fu, e ciò ch'è, sarà sempre. Anzi il Dio che fu e che sarà, non è ciò che a lui propriamente conviene; ma solo il dire, egli è. In simil guisa, ciò che seppe, egli sa; ciò che volle, egli vuole; ciò che potè, egli può. Su di che se talun mai dubitasse, veggendo che le colpe umane palesi, e quelle sottoposte all'occulto giudizio divino alle volte da lui pajon negligersi, ecco come testè fu tal verità comprovata dalla stupenda celerità d'una facile e non sanguinosa vittoria; celerità tale e tanta, che come d'altra nazione in Roma, così a Venezia riguardo ai Candiotti avvenne, ch'io prima udissi compiuta, che cominciata la guerra. Quindi il gaudio, quinci il trionfo. Sarebbe cosa lunga e non conveniente ad una penna umile ed occupata come la mia, il riferire tutta la serie di questa sacra letizia. Odine il succo — Stando io per avventura alla finestra ai 4 di giugno di quest'anno 1364 sull'ora sesta del dì, cogli occhi volti all'alto mare, ed avente meco il mio già fratello, ora padre amatissimo arcivescovo di Patrasso, il quale dovendo al principio d'autunno passare alla sua sede, preso da sentimento di amicizia affatto superiore ai favori della fortuna, qui in questa sua casa, che mia è detta, ora conduce l'estate, ecco che una nave lunga, chiamata galea, tutta ornata di frondi, entra a remi nel porto. All'improvvisa comparsa interrotti i nostri colloquj, presagimmo bentosto dover essa recare felici novelle, tanto lieti i marinaj solcavano a vele e a remi i flutti. Oltrechè i giovani incoronati di foglie, tutti giocondi in viso e sventolanti sul capo le bandiere, stando montati sulla prua, salutavano la patria vittoriosa, ma per anco ignara della propria vittoria. La sentinella della principale torre, tosto dato il segnale, annunzia l'arrivo d'un legno straniero. Quindi la città tutta, non da alcun comando sospinta, ma da pura curiosità, si affolla al lido. Accostasi esso, e fatto presente agli sguardi, osserviamo pendere dalla sua poppa alcune insegne ostili; nè riman più dubbio non essere quella una nave apportatrice di vittorie; se non che ignoravamo di quale guerra, di qual battaglia, o di quale espugnata città ci dovessimo sperare vincitori, nè gli animi potevano comprender che fosse. Ma sbarcati i messaggi ed entrati a parlamento in Consiglio, si seppe oltre ogni speranza, oltre ogni credenza, essere tutto prospero; cioè vinti, uccisi, presi, fugati i nemici, tratti di schiavitù i cittadini, le città tornate alla divozione, rimesso di nuovo sul collo a Candia il giogo, ormai deposte le armi vincitrici, chiusa senza sangue la guerra, ed ottenuta con gloria la pace. Le quali cose udite, il Doge Lorenzo Celsi (veramente eccelso) uomo, se l'amor non m'inganna, e per grandezza d'animo, e per soavità di costumi, e per l'esercizio d'ogni virtù, e soprattutto per pietà singolare ed amor verso la patria memorabile, conoscendo che nulla a dovere e felicemente operar puossi, se non si prendono dalla religione gli auspizj, si rivolse insieme con tutto il popolo a lodare e ringraziare l'Altissimo. Il che per la città intera fu fatto, ma più solennemente nella basilica dell'Evangelista san Marco, dove non potevasi a mio avviso far cosa più splendida, per quanto ad uomini far lice con Dio. Vi si celebrò infatti magnifica messa, e fu condotta un insigne processione davanti ed intorno al tempio, alla quale non solo intervenne il popolo ed il clero tutto, ma altresì gli stranieri prelati, che o il caso, o la curiosità, o alcuna ordinaria divozione tratteneva allora in Venezia.

Compiuto eccellentemente tutto ciò che a religione appartiene, si rivolse ciascuno ai giuochi, agli spettacoli. Ma sarebbe troppo faticoso l'enumerarne le specie, le forme, le spese, la pompa, l'ordine. In faccenda di tanto concorso (cosa rara al sommo e mirabile) niun tumulto in alcun luogo, niuna confusione, niuna rissa, ma tutto ripieno di giubilo, ripieno di grazia, ripieno di concordia, di amore. Benchè quivi la magnificenza conservasse il suo impero, pure acciocchè non ne fossero sbandite la sobrietà e la modestia, ma lei nella sua città e nella sua festa regnante, reggessero e raffrenassero, fu la solennità con varietà di apparati divisa in più giorni. E finalmente il tutto fu chiuso con due spettacoli.

A dir vero, io non so co' lor proprj nomi latinamente esprimerli; pure gli spiegherò in modo che tu gl'intenda. L'uno adunque, come parmi, dire si potrebbe Corsa; l'altro Combattimento: poichè nel primo ciascheduno corre solo per diritto sentiero, e nell'altro da parti opposte gli uni si scontran cogli altri. Giuochi equestri ambidue; ma il primo è senza armi; se non che trascorrendosi in esso con asta e scudo, e con alcune bandiere spiegate al vento, presenta agli occhi una qualche immagine di guerresca azione. Ma il secondo è con l'armi, ed offre l'aspetto d'una vera battaglia. Quindi è, che in quello ha luogo molta eleganza, pochissimo rischio: in questo il pericolo va del pari coll'arte, e per ciò non tanto propriamente i Francesi chiamanlo Giuoco d'Asta, nome che meglio si acconcia al primo, giacchè in quello solamente si giuoca, in questo si pugna. Del resto sì nell'uno che nell'altro (cosa che se altri a me avesse narrato, io creduta non avrei; ma che ora agli occhi miei non posso non credere) grande e mirabile apparve l'industria d'una nazione, che non solo è navigatrice e marittima, come corre universal fama, ma eziandio guerresca e marziale. Essa fe' mostra di tal perizia nel cavalcare e nel maneggio dell'armi, di tal fervore e tolleranza nella fatica, che sarebbe d'avanzo a quanti in terra ed in mare sono combattitori più gagliardi. Ambidue i giuochi vennero eseguiti in quella piazza, a cui non so se in tutto il mondo si vegga l'eguale; dinanzi alla stessa marmorea ed aurata facciata del tempio. Ma nel primo non intervenne alcun forestiero. Ventiquattro giovani nobili, riguardevoli per bellezza, per vestito, per età scelsero per sè questa porzione di pubblica letizia. Venne chiamato da Ferrara Tommaso Bombasio, il quale, onde farlo ai posteri speditamente conoscere (se alcun poco io potrò appo loro esser noto o creduto) dirò esser tale oggidì in tutta Venezia, quale una volta era Roscio in Roma, ed a me tanto caro e familiare, quanto colui a Tullio il fu, benchè siccome nell'uno di questi due amici gran parte di somiglianza ci sia, così nell'altro regnavi molta disparità. Colla di lui scorta adunque e consiglio fu il giuoco condotto, e ciò con tal ordine, che tu avresti detto non correr uomini, ma volar angeli. Gentile spettacolo in mirar tanti giovanetti fregiati di porpora ed oro, reggere col freno, e incalzare cogli sproni altrettanti destrieri co' piè ferrati e con rilucenti bardature, che pareano toccar appena la terra co' piedi. Stavano i giovani tanto intenti coll'animo ai cenni del lor condottiere, che mentre l'uno si accostava alla meta, l'altro slanciavasi fuor dalle sbarre, ed un altro al corso accingevasi. E mercè di simile alternativa ed aggiustatezza di azione in tutti, formandosi altrettanti cerchi, ne risultava una sola e continuata corsa; giacchè il fine dell'una era principio d'altra, e terminando l'ultima, tosto ripigliava la prima, di modo che correndo tanti per tutta la giornata, tu avresti detto sulla sera non aver corso che un solo; ed inoltre, ora volavano al cielo le schegge dell'aste, ora avresti sentito rombar per l'aria le vermiglie bandiere: nè a dirsi è facile, o credibile ad udire, quale per tutto il dì fosse la folla del popolo spettatore. Niun sesso, nessuna età, niuna condizione mancovvi. Il Doge medesimo ed un immenso seguito di primati occupava la fronte del tempio sopra il vestibolo, ed ivi dalla marmorea loggia vedevano tutto agitarsi quasi sotto ai lor piedi. Il sito fu, ove stanno que' quattro cavalli di bronzo dorato, opera di antico lavoro e di egregio artefice, qual ch'egli sia, che là dall'alto involano quasi il pregio a' vivi, e pajono scalpitar colle zampe. Acciocchè poi l'estivo sole nel piegar a sera non offendesse col suo splendore la vista, erasi provveduto coll'appendere di qua e di là molte tappezzerie di diversi colori. Io stesso colà invitato (e questa è frequente degnazione del Doge) fui posto a sedere alla sua destra. Ma tuttavia pago dello spettacolo di due giorni, per gli altri mi scusai, adducendo l'ordinarie mie occupazioni a tutti già note. In piazza non v'avea più nulla di vacuo, talchè, come suol dirsi, non vi sarebbe un grano di miglio caduto. La gran piazza, la chiesa stessa, le torri, i tetti, i portici, le finestre, tutto era non dico pieno, ma zeppo, murato di gente. L'inesprimibile ed innumerabile moltitudine di persone copriva la superficie del suolo, e sotto gli occhi spiegavasi la colta e popolosa fecondità di una città fiorentissima; il che raddoppiava l'allegria della Festa: nè v'avea per la plebe in mezzo a tanta giocondità cosa più gioconda, quanto il vedere e ammirar sè medesima. Alla parte destra in forma di gran palco stava eretto un solajo là sul fatto a bella posta formato di travi, su cui quattrocento matrone onestissime scelte dal fiore della nobiltà, ed insigni per avvenenza e per abbigliamenti, in fra i continui conviti ch'eran loro offerti, porgevano sul mezzodì, la mattina, e la sera l'immagine d'un celeste congresso. Alla festa inoltre intervennero (cosa che tacere per nulla si deve) alcuni nobilissimi uomini usciti a caso dalle contrade Britanniche, compagni e consanguinei del re, i quali anch'essi esultanti per la recente vittoria, erano qua venuti con viaggio marittimo usando essi coll'esercizio sul mare assai rinfrancarsi. Fu questo il compimento ch'ebbe questa corsa equestre di molti giorni, il cui premio fu soltanto l'onore, e ciò con tal giustizia impartito, che a buon dritto chiamare si poterono vincitori tutti, vinto nessuno. Nel secondo giuoco poi, in cui maggior era il pericolo, nè poteva esser eguale l'evento per tutti i combattenti, che in parte erano forestieri, altri premii furono stabiliti; cioè una corona di fin oro di molto peso con risplendenti gemme a fregio del vincitore; ed un cinto d'argento d'insigne lavoro a conforto di colui, che avesse ottenuto il secondo grado di gloria. Già l'editto dettato in istile bensì militare e volgare, ma però fregiato del testimonio del sigillo Ducale, era stato diffuso per le provincie confinanti e rimote, onde invitare a questo (come il chiamai) equestre combattimento tutti coloro che vaghi di simil gloria volessero intervenirvi. Vi accorsero infatti parecchi non solo di patria, ma di lingua diversi, pieni di fiducia nella loro militar perizia e virtù, non che di speranza di riportare onore. Allorchè pertanto cessò la gara del primo giuoco, il secondo ai quattro di agosto ebbe principio, e durò quattro giorni con tanta celebrità, che, da che fu piantata Venezia non si vide a memoria d'uomini spettacolo simile. Sull'ultimo dì per giudizio del Doge, de' magnati, di molti militari stranieri, ed in particolare di colui, ch'era stato condottier della giostra, ed autor, dopo Dio, della vittoria e della letizia, il primo onore toccò ad un cittadino; il secondo ad un forestiere da Ferrara venuto.

Qui ebbe termine il giuoco, ma non la gioia ed i prosperi successi: qui finisce ancora la presente lettera, in cui sforzomi di restituire a' tuoi occhi, alle tue orecchie ciò che loro il morbo rapì, acciocchè ordinatamente tu sappia, ciò che tra noi si fa, ed affinchè comprenda, che anche tra gente di mare trionfa la milizia, la magnificenza, i tratti d'animo eccelso, il dispregio dell'oro e la sete di gloria. Sta sano.

Ai dieci del mese di agosto.

Ne' primi secoli della Repubblica di Venezia, i Genovesi più di ogni altro popolo erano rimasti maravigliati dell'influenza, che ha un saggio governo sopra la prosperità dell'intero Stato. Osservavano che la libertà di cui godeva Venezia avea fatto fiorire il commercio e la navigazione; che le sue flotte coprivano i mari dell'Italia e della Grecia, e penetrando nella Propontide, nella Siria e nell'Egitto, tenevano, per così dire, congiunte le tre parti dell'Emisfero a profitto della nazione, che l'abbondanza figlia della prosperità aggiungeva non solo abbagliante splendore alla città, ma novella forza allo Stato; ch'essa aveva accresciute le armate di terra in proporzione colle marittime, e che in tal modo era giunta a fare gloriose conquiste. Tutto ciò formava l'ammirazione di un popolo, che sentiva in sè i germi del valore, ond'è che s'infiammò tutto d'una magnanima emulazione. Genova che dopo la caduta dell'impero Romano era stata perpetuo ludibrio de' barbari e de' tiranni, già prende la ferma risoluzione di spezzar le catene, e di scacciare i feudatarj, che quai sovrani l'opprimevano. Ad esempio di Venezia creossi un Doge, stabilì un Senato, formò una marina, e seguì fedelmente l'esempio degl'illustri suoi vicini. Sin qui non è che da lodare un'impresa, la quale da qualunque lato si guardi, fa onore ad una nazione. Ma non molto dopo ecco la gelosia, la rivalità, l'invidia sottentrare a quella nobile passione, che fin allora l'aveva animata. Non ardiva però ancora mostrarsi alla scoperta. Intendeva benissimo, che ad onta de' vantaggi che di giorno in giorno ritraeva dalla sua marina, essa non era in istato di far fronte alle forze di una potenza, che avea respinti gli Ungheri, assicurato il dominio della Dalmazia, protetti i Papi, raccolte palme sopra varj nemici, ottenuta gloria immortale nella presa di Costantinopoli, e finalmente ingrandito il suo Stato coll'acquisto di molte isole nell'Arcipelago, ed in particolare di quella di Candia. Fu appunto tale acquisto che punse sul vivo i Genovesi; poichè in grazia di essa, i Veneziani vennero ad acquistare un diritto d'imporre leggi a tutti i navigatori, che veleggiavano ver l'Egitto e la Siria, talmentechè non potevano questi internarsi in quelle regioni, se non protetti dalla Veneta bandiera. Cominciarono pertanto i Genovesi nell'anno 1207 dal suscitare a dirittura una sollevazione tra' Greci, e dall'insinuare ad Enrico conte di Malta, che n'era il Governatore, intendentissimo di guerra e sommamente stimato da' Greci, essere del suo proprio interesse il porre argine all'ingrandimento della Repubblica di Venezia, e rendersi affatto necessario lo scacciare i Veneziani da Candia, e il farli rientrare negli antichi loro confini. Al qual oggetto gli offerirono ogni maniera di ajuto sì di uomini, che di danaro; protestarono di avere secrete pratiche nel paese, e s'impegnarono di far sì, che il progetto riuscisse gradito a' Greci. Questo vile maneggio però non diede loro altro profitto, che quello di avvolgere i loro nemici in una guerra, nella quale i Veneziani uscirono con onore, ricuperando l'isola, che un ignominioso tradimento avea loro rapito.

Malgrado però d'un sì prospero avvenimento, il Governo Veneto s'accese di tal ira per la vile condotta de' Genovesi, che si sprigionò allora la prima scintilla di quell'odio, che fu poscia cagione di tante guerre, e pressochè della total distruzione delle due Repubbliche. D'altra parte mortificati i Genovesi d'aver perduto il frutto de' loro maneggi e secreti raggiri, ad altro non attesero, che al modo di esercitare in palese la loro nimicizia. Di qua e di là gran flotte in mare, di qua e di là smania rabbiosa d'incontrarsi, ed un desiderio ardente non solo di vincersi, ma scambievolmente distruggersi. I Veneziani si scordarono i loro veri interessi per badare soltanto a satollare l'ardor di vendetta. Gli altri tratti da vil piacere di nuocere al nemico, si disonorarono in faccia all'Europa, stringendo alleanza coll'imperator Greco, che poi al primo pendere della bilancia a lor danno, abbandonolli.

Sfortunatissimo infatti fu per essi l'esito della prima battaglia, da cui appena uscì salvo un legno che recasse a Genova la nuova della ricevuta sconfitta. Ma le due rivali non si acquetarono che per ripigliar nuovo fiato, ed incontrarsi di nuovo per battersi ancora. Infievolivansi a vicenda per frequenti zuffe; ogni soldato parea combattesse contro un suo particolare nemico, e tal era il furore degli attacchi, il disprezzo dei pericoli, la bramosìa di distruggersi scambievolmente, che ben dir potevasi rinnovellato agli occhi dell'universo l'orrendo spettacolo dell'odio di Roma contro Cartagine. Ma se vennero imitate queste due antiche Repubbliche in ciò ch'è biasimo, v'ebbe pur anco qualche azione degna de' secoli eroici, e che aggiunge splendore alla storia moderna. Uno fra i molti ne riferiremo qui, altri si vedranno a loro luogo.

Nell'anno 1294 Andrea Dandolo, comandante della flotta Veneta, ebbe la fatale sciagura di essere fatto prigioniere su quell'Adriatico, ch'egli tinto aveva di nemico sangue. Il suo vincitore Doria fece tosto suo conto di condurlo a Genova in trionfo. Il fece porre su di una nave, e legargli le mani e collocarlo in guisa, che non potesse contro sè stesso inveire. Ma che non può un'anima risoluta! Per l'orgoglioso Dandolo era intollerabile la vergogna di comparire in quello stato innanzi al Senato di Genova. Per sottrarsene, non gli restava che un mezzo. Egli colla testa diede d'un colpo sì forte contro dell'albero del vascello, al quale era legato, che s'infranse il cranio, e sul fatto spirò.

Non è a dirsi quanto i Veneziani fossero costernati all'annunzio della succeduta sciagura. Pur non lasciarono trapelar fuori quell'acuto dolore che dentro rodevali; nè altro mostrarono che una brama ognor più aperta di ragunar novelle forze non meno per difendere le loro colonie nell'Arcipelago, che per vendicarsi di un nemico che cominciava davvero ad eccitare giusti timori. I Genovesi al contrario dieronsi a solenneggiare con feste l'ottenuta vittoria, benchè la loro squadra costretta a rientrare in porto, fosse resa inabile ad agire di vantaggio per quell'anno. Ma il vincere, in qualunque modo avvenga, accresce sempre baldanza, e fa pullulare nuove pretensioni. Quelle de' Genovesi s'aumentarono a segno di volere la sovranità del mar Nero, come i Veneziani godevano quella dell'Adriatico. Lo mostrarono col fatto, impadronendosi senza precedente avviso di quanti legni Veneti entravano in quel mare. Ma que' Veneziani non potevano soffrire al certo un'usurpazione sì contraria al diritto delle genti, e per loro sì ignominiosa. Ricorsero alle armi per farsi rendere giustizia, ed ottennero nell'anno 1358 quell'illustre vittoria, che nella storia si conosce per la battaglia di Negroponte. Essa fu subito celebrata in Venezia con feste magnifiche: e con ragione; giacchè valse a consolidare sempre più la preminenza della Repubblica di Venezia su quella di Genova. A perpetuarne inoltre le memoria, il Senato ordinò, che il dì di san Giovanni Decollato, in cui seguì il fausto evento, venisse ogni anno contrassegnato da una solenne funzione. Quindi è che il Doge colla Signoria si recava alla chiesa di san Marco a rendervi con inni e sacrifizj grazie all'Altissimo per la prosperità avuta dalle sue armi.

In questa istituzione si può giudicare che anche un fine di avveduta politica avessero di mira que' saggi, che l'aveano comandata. Essi ben sapevano, che i fatti avversi non valgono a spegnere le animosità, e potevano facilmente prevedere, che i Genovesi come prima si fossero riavuti dall'abbattimento, avrebbero di nuovo attaccati i Veneziani. Ora col mantener viva per via della Festa la memoria dell'ottenuto trionfo, venivasi ad inspirare nell'animo de' nostri una sempre maggior fiducia di trionfi novelli. E certo una nazione che si ricorda e sa di avere molte volte vinto, non si lascia avvilire, se sopraggiunge qualche sventura, e trova quel coraggio che basta a salvare lo Stato dagli ultimi disastri. Della qual verità ce ne offerse più di un luminoso esempio la Repubblica nostra.

Festa della Domenica

DOPO IL GIORNO DELL'ASCENSIONE.

In uno fra tanti combattimenti co' nostri più accaniti nemici, vo' dire co' Genovesi, dicesi essere questi penetrati sino all'isola di Malamocco. Colà non trovarono che una vecchietta; gli altri abitanti erano fuggiti. Vennero dunque a lei, e incominciarono ad interrogarla. Essa fece destramente le viste d'imbrogliarsi nel rispondere; ma pure scappò a dire, che gli condurrebbe in un'isola di là non lungi, chiamata Poveglia, ove si trovavano tutti i suoi fratelli, e ch'essi potrebbero soddisfar in tutto alle loro bisogne. Si persuasero ad andarvi. Que' fedeli Isolani, d'accordo cogli altri abitanti, fecero loro credere che per la conquista delle altre isole, mal erano adattati i loro vascelli, e che occorrevano delle zattere appositamente fatte per queste paludi, e si offrirono essi medesimi di comporle. I Genovesi ne furono contenti. Si costrussero le zattere in modo da poterle scommettere prontamente, ed intanto uno de' Povegliesi smucciò a Venezia a nuoto, avvertì il Governo del progetto, e chiese l'assenso. La risposta fu, che piaceva il loro zelo, che si sarebbero subito armati alcuni legni per andare incontro al nemico, ma insieme si ordinò sotto le più severe pene, che qualora egli chiedesse la pace, non si tentasse cosa alcuna contra esso, e si lasciasse partire tranquillamente. I Genovesi di nulla insospettiti montarono armati sopra le zattere, e si fecero beffe di qualunque parola di accomodamento. Ma in quella ecco tagliarsi i legami che tenevano congiunte le tavole, e l'armata intera seppellirsi nell'acqua, e affogare senza riparo.

Quest'avvenimento abbastanza noto, e per la serie di tanti secoli passato in tradizione, è tuttavia privo di autenticità. Avvi qualcuno che pretende essere più antico ancora, e doversi trasportare al tempo della guerra con Pipino, il che rende maggiormente difficile la cognizione del vero. Sia che si vuole, certo è che que' zelanti Povegliesi furono tra i più ardenti difensori della Veneta indipendenza, giacchè meritarono privilegi assai notabili in preferenza a tanti abitanti dello Stato. Eccone i principali:

I. Essi erano inscritti nel ruolo de' cittadini originarj.

II. Erano esenti dal servigio militare, salvo il caso che il Doge ne prendesse il comando.

III. Non pagavano dazj, nè tasse d'arti e di mestieri, nè imposte nemmen per lo scavamento de' canali interni della città.

IV. Giunti all'età di sessant'anni avevano essi soli il diritto di comperare ad un prezzo stabilito tutto il pesce che veniva dall'Istria, e di venderlo al pubblico mercato di S. Marco.

V. Godevano dell'immediata protezione del Doge, e la Magistratura delle Rason Vecchie destinata era a trattare e decidere intorno alle loro questioni e ai loro interessi.

Oltre a tutti questi vantaggi reali, eranvi altri privilegi atti a lusingare sommamente e con ragione l'orgoglio. Veniva loro permesso di offerire alcuni regalucci al Doge: per esempio il giorno del Venerdì Santo gli presentavano ottanta passere del peso di una libbra; e il giorno dell'Ascensione regalavano alla Dogaressa, o sia alla moglie del Doge, una piccola borsa di soldi di rame per la somma di cinque ducati a fine di comperarsi un pajo di nonni, o vogliam dire pianelle. Benchè ai nostri dì fossero ite in disuso queste antiche costumanze, siccome troppo semplici, tuttavia alcune altre vennero sempre osservate. Non v'ha dubbio che qualunque volta andasse il Doge in funzione nelle sue barche d'oro, il comune di Poveglia accompagnavalo in una peota, entro cui sedevano i primarj dell'isola, che facevano risuonar l'aria coll'allegro suono delle lor trombe. Così quando il Doge si recava il dì dell'Ascensione nel Bucintoro a far le sue nozze col mare, i Povegliesi nella loro peota precedevano quel superbo naviglio, ed inoltre avevano il diritto di far ala sulla destra del ponte, per cui passare doveva il Doge nell'andare dal suo palazzo al vascello, e nel ritornar dal vascello al palazzo, ed erano ammessi all'onore di prendergli la mano, e di baciargliela.

Ma il dì del vero trionfo pe' Povegliesi era la Domenica susseguente al giorno dell'Ascensione. I loro capi in numero di sedici o diciotto col Cappellano alla testa, ch'era tratto sempre da quelle antiche famiglie, delle quali qualcuna ancora sussiste, entravano nell'appartamento del Doge. Vi trovavano Sua Serenità vestito di porpora con berretta dello stesso colore, che seduto li riceveva con molta umanità. Essi si schieravano in cerchio all'intorno, ed il Cappellano, presa la parola per tutti, li presentava al Doge, siccome i veri discendenti da quelle onorate famiglie, che non cessarono mai di prestarsi al servigio dello Stato. Rammentavagli la promessa di mantener tutti i privilegi ad essi accordati, e pregavalo a voler loro continuare sempre la speciale sua protezione. Il Doge li rassicurava di tutto, aggiungendo alcune affettuose espressioni. Allora que' buoni isolani parevano scordarsi di essere davanti il loro Principe, per non vedere in lui che il loro padre, si gettavano sulla sua destra, gliela stringevano, gliela baciavano con trasporto, e come se ciò non bastasse ad isfogar la piena della loro affezione, gli stampavano un sonoro bacio sulla guancia. Se qualche critico troppo severo, per iscemar l'effetto che questa commovente cerimonia potrebbe produrre sulle anime sensibili, osasse dire, ch'essa finalmente non era che un rancido avanzo di tempi troppo semplici e grossolani, v'avrebbe luogo a rispondergli, che la sua origine merita sempre il maggiore rispetto; poichè tal cerimonia non potè certamente essere stata comandata, ma piuttosto inspirata da un sentimento spontaneo e vivissimo. E quand'anche si volesse negare a quel buon popolo un sì ingenuo sfogo del cuore, resterebbe sempre ad ammirare la bontà paterna del Principe nel tollerare un atto che nulla certo potea avere di seducente, venendo eseguito da labbra ruvide, biancastre ed irrorate d'aglio. È ben vero che ne' tempi antichi si videro anche i soldati baciar in fronte i loro officiali, il lor Capitano e fin il loro Imperatore; ma l'uso venne ben presto abolito, e Caligola fu il primo ad ordinare, che il bacio si desse sul piede; e sì piacque quest'atto ai regnanti, che anche in secoli men rimoti gl'imperatori di Costantinopoli il giorno di Pasqua ammettevano i Principi e gli Ambasciatori al bacio del piede. I soli Ambasciatori di Venezia imitando la repubblicana fierezza dell'Ateniese Conone, che sdegnò piegar le ginocchia davanti il monarca di Persia, ricusarono di porgere un bacio sì umiliante e sì vile. I Veneziani mostrarono di conoscere mai sempre il valore del bacio. In tutti gli altri paesi la religione, la politica, la prepotenza se ne valsero secondo i varii loro oggetti; noi soli lo riguardammo come pegno d'una tenera affezione, e come il vincolo più sicuro per congiungere i cuori e immedesimarli.

Posciachè le cerimonie qui sopra indicate erano compite, i Povegliesi passavano in una sala del palazzo Ducale, ove era imbandita una mensa con isquisite ed abbondanti vivande. Da principio usava assistervi il Doge, ma una malattia avendo ad un di essi impedito di andarvi, vi sostituì il suo Cavaliere, e d'indi in poi fece sempre le veci del Doge. Continuarono tuttavia ad essere serviti in vasellame d'argento per mano degli scudieri Ducali, come se lo stesso Principe vi fosse stato presente. Nel partire avevano licenza di portar seco gli avanzi del pranzo, e ad imitazione di quanto praticavasi ne' più solenni banchetti, venivano regalati di buona quantità di confetture, e di un garofano, perchè potessero, come i nostri gentiluomini, farne altrui caro dono; giacchè, qual che siasi la differenza delle classi, un cuore di buona tempera prova sempre le sue predilezioni.

SOPRA I PADOVANI.

Non solamente le grandi Nazioni, ma altresì ì piccioli popoli, come a dire i Ravennati, i Ferraresi, i Trevigiani, i Padovani, sentivano dispetto e gelosia dell'ingrandimento della nostra Repubblica, con tutto che ne' primi secoli essa non pensasse punto a dilatare in terra ferma il suo dominio.

I Padovani fra gli altri erano invidiosi delle sue ricchezze e della sua prosperità, e si sforzavano di sturbarne tutto dì la pace, sino a venire sull'orlo delle lagune per insultare i suoi tranquilli cittadini, ed oltraggiare il vessillo di S. Marco. Nel 1110 osarono inoltre di ragunare un'armata per attaccare i Veneziani, ma non andò molto, ch'ebbero a conoscere la propria inferiorità, e quindi dovettero ricorrere alla mediazione dell'imperator Enrico, che allora si trovava in Verona, e che giunse a rappacificare le due parti. Ciò non di meno le passioni predominanti non rimasero estinte. Quest'incomodi vicini vedevansi cogliere sempre ogni più leggiero motivo per tirare i Veneziani all'armi; e quando i pretesti mancavano, erano pronti gli artificj. Avevano essi osservato dipendere specialmente la sicurezza di Venezia dalla posizione, che aveale dato la natura, cingendola d'acqua marina, ed altresì dalle cure incessanti che i nostri isolani si prendevano per preservarla. Si posero pertanto ad istudiare il modo di turbare le loro acque, e disseccare le lagune. Era certo, che tagliando gli argini del fiume Brenta esso avrebbe nel suo corso verso il mare portato seco la melma e la sabbia, e che depositando queste nel seno delle lagune, ne sarebbe sortito il bramato effetto. Non sì tosto fu immaginato il progetto, che si venne all'esecuzione. I Veneziani, visto il pericolo, non tardarono ad assoldar truppe, e a scegliere Guido di Montecchio Veronese, che le comandasse. Questo valente Generale attaccò tosto l'armata nemica, ch'era accampata presso il luogo detto la Tomba, e la sconfisse, facendo un numero grande di prigionieri, e tra questi il loro Capitano. Quanto i vinti si erano mostrati pazzamente arditi nell'intrapresa, tanto si fecero conoscere vergognosamente vili nella sciagura: dimandarono la pace, e per ottenerla più presto, accagionarono la cieca moltitudine di tutto il disordine, che aveva provocato la guerra. I Veneziani troppo generosi per porre al cimento scuse così meschine, accordarono quanto veniva richiesto, e per giunta restituirono i prigionieri.

Ecco la prima guerra terrestre sostenuta dalla Repubblica: ma ben lungi che questa vittoria inspirasse ne' Veneti un'insensata fiducia nelle loro forze, essi al contrario si dierono a pensare, che non conveniva fidarsi per nulla di tali vicini, e che prudenza volea che si tenesse sempre pronto un esercito ed un Generale per tutto ciò che potesse avvenire. Su questa carica di Generale caddero singolarmente le attenzioni de' nostri savj Legislatori. La situazione della città gli avea persuasi, che il nostro unico elemento dovesse esser l'acqua; ch'essa doveva mantenerci potenti, che ad essa sola noi dovevamo dirigere tutte le nostre cure, siccome a fonte verace di ricchezza e di gloria. Volgendo le sue mire sul continente, la Repubblica correva rischio che s'illanguidisse nel cuore de' cittadini l'amor della patria; poichè la necessità di esercitarsi nelle armi, e di prender parte nelle guerre straniere, anche quando Venezia era in pace, veniva a familiarizzarli un po' troppo cogli altri popoli, e forse ad imbeverli di usi e di principj non repubblicani, i quali trasportati in patria, potevano diventar germe di corruzione, ed apprestare abborrite catene. D'altra parte il sistema già adottato di non farci grandi per via di conquiste, rendeva inutile appo noi l'avere certi Capitani intraprendenti, che colla loro ambizione avrebbero potuto tener sempre la Repubblica in inquietudine. Ch'egli è pur troppo facile il trovar fra loro qualche spirito turbolento, a cui paja tutto lecito per regnare, ed estrema follìa il rinunziare al dominio e al proprio utile per non tradir il dovere. È rarissimo in fatti il trovar un Generale così moderato, che veggendosi caro ai soldati, favorito dalla fortuna e dall'occasione, deponga spontaneo un'autorità, che può a tutto suo agio ritenere, e si mantenga fedele a' suoi superiori o agli eguali suoi, quando può ad essi comandare. D'ordinario l'ambizione non va mai disgiunta dal militar valore, ed i cuori arditi mal sopportano l'oscurità d'una vita privata. Reiterati esempj abbiamo nella Repubblica di Roma, che con tutta la sua gran possanza non seppe abbattere quella de' suoi Capitani; allorchè le vollero far fronte. A fine dunque di allontanare simili pericoli, il nostro Governo piantò per massima fondamentale di sua condotta, che in caso di guerre continentali si dovesse appoggiare il comando delle truppe ad un Generale straniero. Non di meno e' doveva aver sempre a' fianchi due Provveditori Veneziani, senza il cui assenso nulla potesse intraprendere, e ne' quali conoscesse di avere un freno contro la seduzione del danaro. Sono queste le vere cagioni, che diedero origine al Decreto, e l'anno 1146 fu l'epoca, in cui la deliberazione prese aspetto di legge.

Durò alcun tempo d'ambe le parti la tranquillità: ma nel 1214 una lievissima causa ridestò l'antica animosità tra le due nazioni; e fu questa. Nell'epoca felicissima per l'Italia Settentrionale, in cui dopo avere scosso il giogo straniero essa stava divisa in molte Repubbliche, ciascuna delle quali godeva di uno stato di opulenza, frutto della pace, dell'agricoltura, del commercio e di una lodevole industria, ciascuna città avea le sue feste e i suoi spettacoli, che attiravano infinito concorso colla magnificenza e il buon gusto. Tra queste Treviso immaginò di dare uno spettacolo affatto singolare; cioè di rappresentare l'assedio del Castello di Amore. S'innalzò la superba macchina tessuta di legni nel mezzo della maggior piazza di Treviso. Elegante n'era la simetrìa, elegantissimi gli ornati. Le mura erano coperte di rarissime pelli, di stoffe, di velluti, e di altre tappezzerie le più ricche e pompose. Le Dame più belle e più nobili della città avevano ciascuna per loro scudiere, ovvero cavaliere d'arme, una tra le più leggiadre zitelle del distretto, poichè stava a loro il difendere tutte insieme questo castello incantatore e incantato. Gli assalitori erano i giovani della propria città, e delle città convincine. Ciascuna avea fatto suo studio di spedire a questo curioso assedio i più avvenenti, i più ricchi e i più nobili tra' signori del suo recinto. Ben lungi però dal far onta alle leggi della natura coll'uso di armi micidiali, non era lecito di servirsi da usa parte e dall'altra, che di fiori, di frutta, di aromi, d'acque odorose, e di ciambelle lavorate da quelle stesse mani gentili, che procacciavano la difesa del castello. Giunse dunque il dì destinato all'assalto. Gli assalitori si presentano divisi in tanti squadroni, quante erano le città a cui appartenevano. Ogni squadrone aveva alla testa il più illustre e più distinto personaggio, che recava lo stendardo della sua patria. Appena lo squadron Veneto comparve, che gli occhi di tutti quelli ch'erano intervenuti come spettatori alla Festa, rimasero abbagliati dalla magnificenza delle vesti e dalla pompa delle armi rilucenti, che vincevano di molto quelle degli altrì. Ciò non deve far stupire, atteso che i Veneziani erano superiori agli altri in commereio e per conseguenza in ricchezza; ed oltre a ciò essi avevano di fresco conquistato Costantinopoli, e portato seco loro il ricco bottino di quell'insigne metropoli. Dicesi anzi, che il capo dello squadrone vi comparisse cinto il capo d'una corona imperiale riportata testè da Bisanzio, la quale custodivasi nel tesoro di S. Marco, e che per poterla ottenere gli convenisse depositare una rilevante somma, tanto essa era ricca per oro e per gioje. Le Dame si lasciarono tosto vedere sui merli. Quelle di primo rango portavano in capo una corona d'oro sparsa di diamanti. Erano i loro vestiti ricchi d'oro o d'argento, forniti di perle e di gemme. Quelle di seconda classe, benchè meno ricche, facevansi ammirare per la molta eleganza e leggiadrìa. Congiunte queste con quelle formavano un battaglione formidabile, e mostravansi risolute di difendere, quali nuove Amazzoni, l'amoroso castello. Una musica militare mista a gridi festosi, ch'escono da tutti gli spettatori, precede l'azione. Le squadre già marciano alla volta del castello; ciascuna si sforza a gara di arrivarvi la prima per poter scalare le mura, e guadagnare le torri. Gli assalitori e gli assediati lanciano nuvole di dardi, i quali anzichè essere nocivi, riescono piacevolissimi. Il combattimento sembra ostinato senza essere sanguinoso, e le acclamazioni continue manifestano la soddisfazione generale. Si chiamano per nome le Dame più belle, che si sa essere colà entro; si canta con grazia, e per quanto la distanza il concede, non si lascia intentata ogni via di seduzione. Finalmente ecco il fortunato squadron Veneto che si avanza più sotto degli altri, e quelle amabili signore già si mostrano disposte a cedere il castello. Lungi da noi l'oltraggiosa idea di credere a talun maligno cronista, il quale osò dire, che i Veneziani vi gettarono una pioggia di monete d'oro, e che le Dame non potendo resistere allo splendore di tal batterìa diedero segno di arrendersi. La grazia, la bellezza, la maestà, l'eloquenza furono in ogni tempo le armi più valide e più opportune per sedurre i nobili cuori. E chi avrebbe potuto disputare a' Veneziani la preminenza? La forma stessa del Governo non poco contribuiva a conceder loro questi vantaggi. I continui esercizj ginnastici infondevano ne' corpi una maschia bellezza; il nuoto e la scherma davano a' muscoli quella pieghevolezza, senza cui manca la grazia; la nobiltà ereditaria inspirava un carattere sublime, e una certa aria di gravità; e in quanto all'arte di persuader colla parola, chi non sa esser questo un dono che appartiene esclusivamente alle Repubbliche, ove tutte le leggi sono discusse da molti, e non partono altrimenti dal volere arbitrario di un solo? Nulla dunque di più naturale che tante attrattive potessero sedurre. Conviene d'altra parte osservare, che non trattavasi già di superare vere Amazzoni, e che quelle dame sapevano, che la loro severità non doveva essere se non da scherzo. A que' tempi non meno che a' nostri, potevano i costumi permettersi benissimo di riguardar quelle antiche eroine siccome esseri favolosi, quanto la sì celebrata Fenice; le nostre non si davano vanto d'un coraggio soprannaturale. Che che sia, i Padovani, che combattevano presso i Veneti, arrabbiavano in vedere i progressi di questi emuli, e si posero ad insultarli con motti ingiuriosi. È ben a credersi che i nostri non si lasciarono sopraffare, nè meno in questa nuova specie di guerra, il che pose il colmo alla collera de' Padovani, che non potendo più contenerla, si scagliarono sull'alfiere, gli strapparono di mano il vessillo di S. Marco, e il lacerarono. Bastò questo a produrre un grido generale che chiamava all'arme; tutto fu confusione; si pugnò veracemente dall'una e dall'altra parte e con tal furore, che i magistrati di Treviso durarono gran fatica a separare i combattenti e a farli uscir di città. Ecco qual trista fine ebbe una festa, che avea cominciato con sì gran brio, e che cagionava tanta allegrezza. Ma l'animosità era stata troppo viva, perchè le cose senz'altro si acquietassero. I Padovani non respirando che vendetta, appena tornati in patria non mancarono, siccome avviene, di mascherare il loro torto, e di dipingere la condotta degli avversarj co' più negri colori. Avrebbero dovuto disprezzare questo accidente, come frutto di vivacità giovanile; ma tutto all'opposto, furono sì goffi da farne affare di stato. Presero le armi, aizzarono i Trevigiani a secondare il loro giusto risentimento, mostrando che coll'essersi turbati audacemente i loro spettacoli, l'insulto era fatto ad essi medesimi. La vana speranza di mortificare i Veneziani armò le due popolazioni, che congiungendosi insieme vennero ad attaccare la torre della Bebe posta alle foci dell'Adige. Era questa il più forte antemurale contro le incursioni degli Adriesi, de' Ferraresi e de' Padovani. Ivi si batterono con valore d'ambe le parti, e la sorte infine si dichiarò pe' Veneziani. Un turbine improvviso uscito dalla parte del mare ne fece gonfiare le onde in modo, che queste andarono ad allagare il campo nemico, che tosto andò tutto a rumore. Durante lo scompiglio, arriva la flottiglia Veneziana, attacca e Padovani e Trevigiani, già dispersi e avviliti: molti nell'atto di fuggire vanno incontro alla morte, ed il resto è fatto prigioniero. Armi, bagagli, più di due mila carri, cavalli, buoi, macchine da assedio, tutto divien preda del vincitore. I Padovani chiesero tosto la pace; il Doge vi acconsentì, ma a condizione umiliante. Egli volle prima, che fossero trascelti quindici tra giovinastri, che nella Festa di Treviso avevano più ardentemente osato insultar alla bandiera di S. Marco, e che venissero tradotti a Venezia; indi per lo riscatto de' prigionieri chiese il tributo di due polli bianchi per ciascheduno. Se il timore di conseguenze funeste rendea difficile l'eseguire la prima condizione, la vergogna de' Padovani in vedersi a quel modo scherniti, ponea maggior inciampo alla seconda. Essi avrebbero preferito di pagar piuttosto una gran somma; ma era stile de' Veneziani il punire in un modo sensibile, nè cosa v'era più propria a questo, quanto il ferire l'amor proprio. La necessità costrinse a sottoscrivere sì duro trattato. I quindici Gentiluomini condotti a Venezia pagarono bastante pena colla sola paura che n'ebbero, e quindi si permise loro di tornare in patria. In quanto ai trecento prigionieri, essi divennero lo spettacolo e lo scherno di tutta la ciurmaglia, la quale nel giorno prefisso accorse a vedere questa nuova specie di cambio, e così quella diventò del popolo di Venezia una verace Festa. I polli vennero numerati a due a due per ciascun soldato, e durante tal computo scoppiavano acclamazioni da tutte le parti. Il popolo ebbro com'era di gioja, avrebbe voluto che i Padovani, a somiglianza del Patriarca di Grado e de' suoi Canonici, pagassero un annuo censo in memoria di questa guerra; ma il Doge Ziani era troppo saggio per non accordare che si ripetesse un insulto, il quale non dovea essere che una lezione leggera in apparenza, benchè di profonda impronta nell'animo di chi la riceveva. L'esempio addotto dal popolo non era applicabile al caso presente; poichè evvi una gran differenza tra il punire alcuni individui temerarj, ed una intera città illustre, illuminata e valorosa. Il Governo Veneto non permise dunque nè altri tributi, nè altre Feste che quelle di che parlammo; e noi qui abbiamo voluto descriver tutto con esattezza, perchè non si confondesse la Festa presente con altre che in parecchi incontri ebbero luogo, e che troveranno anch'esse il loro posto.

Festa di Santa Marta.

Nulla v'ha in questa Festa che richiami alla memoria nè una segnalata vittoria, nè una particolar divozione; e se porta un titolo sì venerabile, ciò è perchè si celebra nel giorno di santa Marta, e nella contrada che ne ha poscia ricevuto il nome, la quale si stende sopra l'estremo lembo della città, che guarda il ponente.

In antico parecchie brigate si recavano entro certe barche alla pesca della sogliola, il miglior pesce che si mangi in luglio, e sulla sera smontavano a terra, e là sul fatto facean gozzoviglia sulla riva più prossima, godendovi l'aria fresca confortatrice delle forze illanguidite dalla fatica del pescare, non meno che dal caldo della stagione. Divenuta in appresso più ricca la popolazione, ed introdottavisi la mollezza, si lasciò l'opera della pesca ai poverelli, costretti ad esercitarla per vivere, ed il faticoso trattenimento di prima si cangiò allora in un singolare divertimento. Vi s'immaginò una cena generale, in cui signoreggiava, come signoreggia anche a' dì nostri, la sogliola, antico protagonista, nobilitato poscia coll'aggiunta di una salsa, detta volgarmente saor; e questa salsa poi, siccome assai spesso avviene, usurpando per sè tutti gli onori, finì con divenire il Nume non solo delle altre varie vivande, ma, per così dire, di tutta la cena.

Quest'annuo spasso tanto più merita la nostra attenzione, perchè è uno di quelli, in cui il buon Popolo Veneto più segnatamente offre in mezzo alla gioja più viva il quadro d'un popolo amico dell'ordine, della pace e della sociale armonia. Sembra, a dir vero, che sì gran turba non sia che una sola famiglia, i cui membri, benchè infiniti, sieno congiunti con un solo legame; e che uno stesso spirito, un principio stesso gli animi tutti, quello del comun piacere.

Sentiamo noi pure certa dolce compiacenza in descrivere uno spettacolo interamente spontaneo e non ordinato, se non da quel sentimento che inspira l'universal piacere, e l'uso inveterato in questa città di fare delle corse sull'acqua: uso che rese il suo popolo ingegnoso più di qualunque altro per inventarle singolari e brillanti, e per eseguirle con desterità sorprendente. Ma il tempo che trasvola insiem col destino, cangia, distrugge, e null'altro per isciagura ci lascia, che rimembranze. Richiamiamo dunque a noi stessi ed a' nostri lettori questa scena interessante, come se ci fosse dinanzi agli occhi, benchè altro di essa al presente non ci rimanga che languide traccie.

Il luogo principale di questa Festa marittima, di questa cena generale è il canal della Giudecca, le cui acque non si scorgono più che per intervalli, e quasi pajono altrettante striscie di fuoco agitate da remi, tanto grande è la copia di barche, che le ricoprono, e tanto raddoppiata è l'illuminazione sopra le barche stesse.

Nella sera di santa Marta il ricco mostrasi, è vero, con grande splendore, ma non con fasto; e se impiega molto danaro nell'ornare la sua peota, nol fa per avvilire gli altri, ma per mostrare il suo buon gusto. L'ornamento primario delle peote consiste ne' lumi. La mira è di accoppiare la magnificenza ad una disposizione elegante e simmetrica. Spesso sulla prua si collocano concerti di voci e di strumenti da fiato, li cui suoni ripercossi dall'acqua producono un delizioso effetto, che il silenzio della notte rende vieppiù seducente.

Società numerose cittadinesche uniconsi insieme per porsi in altre grandi barche dette tartane; queste sono quelle dell'antico istituto, giacchè servivano alla pesca, e sono quelle, che più particolarmente figurano in questa Festa. Anch'esse brillano per la loro moltiplice illuminazione, poichè le lunghe funi che servono al maneggio delle vele, sono tutte coperte di palloni variamente colorati.

Altre pure ve n'hanno di più picciole, con sopravi de' padiglioni, degli archi formati di rami d'albero, delle ghirlande di fiori a più guise illuminate.

Fin la più infima barchetta del meschin pescatore è coronata di fronzuti rami intrecciati insieme con il suo pallone di carta, in cui arde un lumicino: in ciascuna di esse siedono attorno una mensa più o meno sontuosa, que' che si sono insieme riuniti per darsi in preda al diletto; e toccando i bicchieri, i toasts eccitati dall'amicizia, e dalla libertà promuovono la letizia comune. Il modesto artigiano nel suo battello circondato dalla famigliuola assapora con gusto il suo piatto di pesce, ed applaudendo senza invidia ai concerti armonici delle peote e delle tartane, ch'egli accompagna, credesi di formar parte di quelle società. Egli gode con esse, o almeno quanto esse. Vedilo: ei ride di cuore al par di quegli strepitanti convitati, e le due candele che ardono ai due capi del suo legno entro i palloni, opera della sua industria, lo soddisfano egualmente, che la magnifica illuminazione atta ad offuscare lo splendor della luna, e rischiarante nel suo passaggio tutte le rive.

A centinaja le leggiere gondolette seguono le barche maggiori; esse godono dello spettacolo ed insieme il ravvivano, e tutto questo miscuglio di legni d'ogni specie forma una confusione che, anzichè metter timore, riesce molto grata e piacevole a vedersi. Qui non ha luogo nè la vanità, nè la gara, perchè niuno aspira alla precedenza; la Festa è per tutti, nè alcuno ha il diritto di sopraffare gli altri per passar egli solo, ritardando l'altrui cammino, sospendendolo o facendolo torcere altrove.

Vedonsi fermi presso le rive mille battelli, anch'essi con eleganza forniti e illuminati, dove i vivandieri stanno somministrando i cibi; qualcuno ha pur anco la sua musica. Sopra le mentovate rive, che diconsi Zattere, le botteghe di caffè e le bettole sono piene zeppe di gente. Fuori delle loro porte stanno apparecchiate delle tavole; tutto è illuminato, sì che par giorno.

Ciò poi ch'è sommamente bizzarro, e in vivo modo palesa la semplicità del popolo, son le cucine ambulanti, e stranamente piantate qua e là per le vie. Un uomo schiera sul suolo i suoi corbacci di sogliole preparate per cuocersi. Sopra due pietre posa due fasci di legno incrociati, e un po' di carbone acceso: versa alquante stille di olio entro una padella, e con grida e strilli insoliti invita chi passa ad approfittarsi di quell'apparecchio, che col fumo e coll'odore provoca l'appetito. Difficil cosa è il resistere a sì potente attrattiva; si arresta il passo, si prendono a sedili alcune panche, e così alla rinfusa formasi corona ad un desco. Il saor è già pronto; che aspettar altro? mangiasi con isquisito piacere.

Per tutta la lunghezza di questa contrada vedesi intanto un gran concorso di persone, che vanno e vengono sino alla piazza di santa Marta, la quale forma prospetto al canale, e donde si può goder pienamente lo spettacolo delle barche. Le botteghe del saor e d'altri commestibili sono fornite con eleganza, e illuminate con buon gusto. È specialmente su quella piazza, che si trovano le cucine posticcie, in cui spiccano qual secondaria vivanda i polli arrosto. Ivi un suono confuso di tazze, di piatti, ivi il cicalio e grido de' venditori misto a canti incomposti ed a musicali strumenti. Ogni casa cangiasi in taverna dove si mangia, si beve, e godesi allegramente in una felice armonia sociale e fraterna. L'osservatore il più rigido non giungerebbe a scoprire in mezzo a questa immensa moltitudine riunita il menomo seme di discordia, la più leggera disputa, cosa ch'è propria soltanto del popolo Veneto in tutte le sue Feste per brillanti e numerose che sieno, a segno che mai non si ebbe bisogno di chiamare il soccorso della forza pubblica; ed i Magistrati gelosi di conservare in tutta la sua purità il candore di questa felice concordia, avevano la maggior cura, onde la forza non fosse mai visibile in questi giorni, tanto temevano di affliggere colla sua presenza de' cittadini, che si abbandonavano senza riserva alla confidenza generale, e agl'inviti del piacere, riponendo la tranquillità di ciascuno sotto .la sopravveglianza degli altri proprj concittadini.

Questa Festa, o per dirla alla Veneziana, questa Sagra non finisce se non quando il sole comincia a riscaldar coi suoi raggi quelle teste un poco già riscaldate dal liquore di Bacco: ma nel partire osservasi la stessa tranquillità, ch'eravi nel venire, e da per tutto regna quell'amabile cordialità e quella dolce allegria, che dissipa le querele domestiche, e riconcilia gl'inimici nel modo più stabile. Ed infatti la miglior pace è quella che si fa col bicchiere alla mano. Perchè i Monarchi si fanno tra loro la guerra? dicea un bevitor famoso: Perchè non tracannano mai insieme.

FINE DEL VOLUME SECONDO.